魔王討伐から半世紀、今度は名もなき旅をします。

じゃがバター

ファンタジア文庫

3405

口絵・本文イラスト　ｔｏ・ｉ８

THE SAVIOUR EMBARKS ON A NAMELESS JOURNEY

HALF CENTURY AFTER DEFEATING THE DEMON KING

{Author}
Jaga Butter

{Illustrator}
toi8

{Designer}
Kai Sugiyama

4

勇者の刻

夜の帷《とばり》のような黒い空間に、煙《けぶ》るような黒い水晶が連なる。

六角柱、カテドラル、周囲に浮かぶ大小の両錘《りょうすい》。共通しているのは淡く靄《もや》のように煙る黒い光。影のようなそれは、それでも確かに光って見える。冷静に見ている脳が否定しても、感覚がそう認識する。

新月の晩のような空間で、薄く、淡く、浮かび上がる水晶の道を行く友。薄氷のような水晶が並ぶ道は、シャトの足が触れたほんの短い時だけ、透明に白く変わる。

女神の勇者たるシャトの色が移ったかのように。

道を行《ゆ》けるのは、女神ラーヌの剣から色を移した勇者だけ。女神の白に、シャトの体が包まれ、こちらも薄く輝いている。

シャトを止めることはできない。俺が代わることもできない。

「シャト……」

黒水晶の先、他より一段明るく白い輝きを放つ透明な水晶。薄闇を押しのける程ではないが、薄闇に染まる世界での白。それに触れようとする友に声をかける。

水晶の中心には周囲の黒い水晶と同じ、煙る影。

思わず踏み出した足元が、薄氷のように崩れた。

「スイ、また」

笑って、今はまだかろうじて白い水晶に飲まれてゆく友。

時間がもうない。

力が足りない。

来たるべき時間がずれた。

魔王は討伐できない。

世界に時間を与えるため、自身を捧《ささ》げることに決めた友。俺が代わることはできない。

――俺は剣だから。

――俺には色があるから。

「また」

見送ったのは俺一人、約束したのも俺。

来たる時

姿見《すがたみ》に映るのは、儂《わし》。

「……」

ジジイの朝は早い。若い頃はいくらでも寝られたものだが、歳《とし》をとると寝るにも体力を使うらしい。だんだん起きる時間が早まっている気がする。

起きて着替えた後、鏡を見るのは日課だ。

自分の髪を確かめる。若い頃黒かった髪は女神の色である白に大部分が変わっている。白く、白く。女神の色に。

ここ数年、一筋の黒もない女神の白を早く手に入れられぬものかと、鏡に向きあってお
る。それが女神との約束の時の訪れであるから。

いつも通り、顔を洗うための水差しとタオルを抱えた侍女は目を伏せて控え、侍従のバートは、儂が礼服の仮縫いから逃げ出さないよう見張っている。

王都でのパーティーに出席しろと何度か招待状が届き、その度に面倒で断っていたのだ

が、とうとうブラッドハート公が──シャティオン＝ブラッドハート＝シュレル、シャトの甥《おい》、今はブラッドハート公とだけ呼ばれるこの国の前王が、強権を発動した。

王命で呼ばれたパーティーは、魔王討伐から半世紀を祝ってというのが名目。流石《さすが》に出席することになった。

鏡越しに見ていた二人から、自分の顔に視線を戻す。

引き結んだ口元、皺《しわ》を刻んだ顔。齢《よわい》七十二歳、少々頑固ジジイに見えなくもないが、いい歳の取り方をしたと思う。

背の中ほどまで伸ばした白髪は、首のあたりで一本に結んである。

こめかみのあたりに一本黒い毛を見つける。これが最後の一本だろうか？　果たして抜くのはありか？　まだ女神との約束の時は来ていないのだろうか？　儂は十分待ったし、生きたぞ。

一人だけ魔王討伐の旅を終わらすことのできていない、シャト。苦労がなかったとは言わぬが、人々が笑い合う平和、穏やかな幸せ、子供、孫──本来あの男が一番享受すべきものを、ずっと儂が受けている後ろめたさ。シャトはむしろ喜んでくれるだろうことはわかっているが、儂の気持ちの問題だ。

まだ待たねばならぬか？　まだこの地に平和と安定は足りぬか？　まだ儂の体と名は、

ここに縛られねばならんか？　まだ旅に出ることは叶《かな》わんか？

ここ数年の焼けつくような問いを胸中に抱いたまま髪に手をやると、黒い一筋は勝手に抜けた。


途端に白く染まる部屋。


「大旦那様……っ！」

「きゃあ！」

部屋の輪郭も、そばにいるはずのバートも侍女も、白い光に眩《くら》んで見えない。

儂の黒髪が一本抜け落ちた。たったそれだけのことで起きるのは女神の降臨。白い光は女神のいる空間と儂の部屋の境を失《な》くし、宙に浮く女神を迎え入れる。

白い肌、踝《くるぶし》を超えて広がる白い髪、体を覆い、先が霧のように白くたなびく服の裾。

周囲には数多《あまた》の、白い輝きを放つ透明な水晶が浮いている。

『我が司《つかさど》るは、安定・節度・理性・定まり。しかし、今は理《ことわり》を曲げ古い約定を果たそう』

表情を動かさない女神は、口を開かない。それでも声は白い空間に、聞いている者の頭の中に響く。

『再び道を辿《たど》りにゆくが良い。私の叶えられなかった望みを果たしに』

水晶が一つ、女神から離れ儂の胸のあたりで消えると同時に、女神も姿を消した。白い光が収まって行く。

大理石の石像のように、白く表情のない女神の顔が、一瞬かすかに微笑《ほほえ》んだ気がした。

「おお……？」

視界が戻ると、鏡の中の儂と目が合う。

「大旦那様⁉」

バートが叫ぶ。

「わ、わか……っ！」

侍女が声を詰まらせる。

光の収まった後の儂は、若返っている。髪は白いままだが、皺だらけだった顔はつるりとして血色がいい。瑠璃紺色の瞳、やや目つきの悪い顔が鏡の中からこっちを見ている。儂が魔王討伐で勇者に従った時の年齢まで戻っている、当時と外見で違うのはおそらく髪の色くらいだろう。体形も戻り、服の胸と肩から腕の辺りがきつい、胴回りも少々。ズボンの丈が足らず、足首に風が通る。

「今日の仮縫いはなしだな」

少し前に採寸した服のパーツでは、どう考えてもサイズが合わない。

堅苦しい服もなし、パーティーへの出席もなしだ。大体、引退したジジイの儂を引っ張り出そうとするのが間違っている。

心の表面では上滑りするように、そんなことを思うが、奥では喜びを叫んでいる。自分の目的のためにようやく動けることを。五十年、長く待ちすぎてうまく言葉に表現できない歓喜。

「……エディル様を呼んできます」

バートが部屋を出てゆく。

冷静でいるようで、扉を開けっぱなしなところを見ると動揺しているらしい。まあ、いきなり女神が現れ、主人が若返れば普通はそうじゃの。

「閉めておいてくれるか？」

「は、はい……！」

侍女を見て頼めば、慌てて扉を閉めに行く。こちらもだいぶ動揺した顔をしておる。少々可哀《かわい》そうだったか。

「我ながら見事な白髪」

姿見に映った自分を見て言う。一筋の黒もない。黒は魔王の、白は女神の色と言われるが、髪の色が変わっただけで——いや、若返ったが、中身は全く変わらず儂じゃ。

バタバタと廊下を走る音が聞こえたかと思えば、閉めたばかりの扉が勢いよく開かれる。

「父上⁉」

姿を見せたのは儂の息子。

「珍しく行儀が悪いな？」

駆け込んできた息子に、ちょっと驚いた。

いつも澄まして歩く普段の息子からは考えられん。儂に似ず、行儀がよくって出来のいい息子だ。

晩婚だった儂にも息子が二人、娘が一人できた。次男のエディル曰《いわ》く「面倒で逃げ出した」長男は領地の経営より、王に侍《はべ》る騎士になることを選んだ。

まあ、儂も領地経営はバートに任せっぱなしだったので気持ちはわかる。

息子は扉を大きく開けた格好のまま、動きを止めている。家を継いだのはこのエディルだ。

黒髪、瑠璃紺の瞳、儂の色を一番受け継いでいる。ただ、儂と違ってそつがないし、普段は穏やかで沈着冷静、性格のせいか似ているのに雰囲気がだいぶ違う。

「行儀など今はよろしい！　何故《なぜ》、若返ってらっしゃるのですか！」

そのエディルがいつになく大声を上げる。

「本当に……。大旦那様、何があったのでございますか？　あの女神の降臨はいったい……？」

バートがエディルの後ろから顔を見せる。

儂より二つ上、バートとは長い付き合いだ。辺境伯を押し付け……賜った時からずっと助けてもらっている。今は儂の専属侍従をしているが、長らく我が家の家宰を務めてきた。

「儂はこれから旅に出る」

本当に女神が降臨したのかとか、いったい何が起きたのかとか、珍しく混乱気味に言い募る息子を遮って言う。

「は？」

突然の宣言にエディルが間の抜けた顔をさらす。

「そのお歳で……いえ、今はお若いですが。女神ラーヌの『道を辿りに』という言葉は、旅に出よという啓示だったのですか？」

バートも困惑顔。

「魔王討伐記念のパーティーはどうするのですか！」

エディル、儂の心配の前にそこか。

まあ、引退した儂が家のために社交に係ることなぞ、その辺のことしかないが。

「欠席、欠席。この姿で参加できるわけがない」

手をひらひらさせて言う。

「ブラッドハート公はむしろお喜びになるのでは？　魔王討伐時の絵姿がそのまま目の前に、と。剣を構えた姿など色々ポーズの要求が――いえ、なんでもございません」

口元を押さえて、斜め下に顔を向けるバート。

おい、バート！　不吉なことを言うな！　ものすごく具体的に浮かんだではないか！

「ブラッドハート公は、勇者一行の中でも昔から父上のことがお好きですしね。着替えの一度や二度で済めばよろしいですが。今度のパーティーも父上の盛装が見たいだけのご様子でしたし」

深くうなずくエディル。やめろ、肯定するな！

「とにかく！　儂《わし》は旅に出るし、パーティーには出ぬ！」

ブラッドハート公のおもちゃになるのはご免だ。

「……」

「……」

ジト目でこちらを見てくる二人。

「な、なんじゃ……っ」

思わず身をそらして半身を引く。

「遠見《とおみ》会話のオーブを用意いたしますので、ブラッドハート公――いえ、陛下への申し立てはご自分で行ってくださいね。バート」

「はい、旦那様。すぐにご用意を」

にっこり儂に笑いかけたエディルが名を呼ぶと、バートが一礼して部屋を出てゆく。

◇◆◇

「見れば分かるだろうが、この状態では人前に出ることはできぬ。混乱するだろうからの」

遠見会話のオーブにより、空中に浮かび上がった半透明なシャンドル王、ブラッドハート公の二人を前に説明をしている現在。向こうにも儂の姿が浮かび上がっているはずだ。

深い赤のどっしりとしたカーテンの前に並ぶ、シャンドル＝ブラッドハート＝シュレル、シャティオン＝ブラッドハート＝シュレル。勇者シャトの血族二人。

前王のブラッドハート公はシャトの甥《おい》にあたり、儂たちが魔王討伐を果たした時、十歳に満たぬ子供だった。そのことを思うと、今の白が混じり始めた髪と皺《しわ》を刻み髭《ひげ》を蓄えた顔を見るのは感慨深い。

まあ、王家の者は元々淡い金髪なのであまり目立たず、いつの間にか白髪に変わっていた、という感じだが。

通話を始める前の連絡で、ある程度事情を聞いていたのだろうか、特に驚くこともなく最初から黙してこちらの話に耳を傾けてくれた。

魔王討伐から五十年の記念パーティーはブラッドハート公が発案者ではあるが、公布と招待状はシャンドル王の名で出ている。エディルが陛下の説得、と口にしたのはそのせいだろう。

ブラッドハート公とは多少交流があり、シャンドル王には娘が嫁ぎ、王妃におさまっている。妙な話ではあるが他の高位貴族たちよりは気安い。

「……スイルーン殿」

厳かに王に呼びかけられる。

「それは女神のご意思か」

「うむ」

息子やバートたちが多くを聞かなかったのも、女神の存在があったからであろう。

五十年前に行った魔王討伐から、女神が人に語りかけ道を示すことが増えた。女神からの啓示ははっきりと分かりやすいものから、人の身ではそのことが起こるまで意味を図れぬものまで。

「では、我には止められぬ。たとえ苦難の道に進むことになろうと、見送らねばならぬ」

王が言う。

スイルーン＝ソード＝アスター、魔王を討伐した勇者パーティーの剣。

魔王討伐から五十年の時を重ねた今、王の心配ももっともだ。歳《とし》をとった儂の強さは、試合ならば騎士団長――儂の長男と競《せ》る程度。速さでも力でも負け、経験と技巧でかろうじて、だ。それは若い王の見てきた、今までの儂の印象だ。

魔王を討伐し、魔物たちが積極的に町を襲うことは絶えて久しいが、人が足を踏み入れぬ土地や、町に静かに根付いている魔物はまだ数多くいる。魔王がいなくなったことで、魔王に還元されるはずの魔力が行き場を失って凝《こご》り、新しい魔物が生まれることさえある。一人旅をするには物騒な世の中だ。

王からすると引き止めるには強く、安心して一人旅に送り出すには弱い。ただ、おそらく儂はこの見た目の年齢の頃の強さに戻っている。

——永《なが》の年月で、魔物の素材も人の生活に利用され、組み入れられている。魔物が完全に滅びて困るのは人間だろうな、と今の話題と関係のないことを思いつつ、黙り込んだ王を見る。

魔王討伐に参加した者が、王家の手の届く場所から離れることは、あまり歓迎できることではないだろう。もっともすでに七十過ぎのジジイ、お役御免になってもいい頃合いでもある。

そして魔王討伐時の姿に戻った儂が、王都近くをうろつくと王家と人気を二分する可能性があり、あまりよろしくない。それは討伐から帰った時によくわかっている。

回復役を務めたマリウスは神殿に入り世俗から離れ、魔女のイレーヌはさっさと森に引っ込んだ。引っ込んだままの辺境伯とはいえ、儂が一番国の中枢に近い。

——王家の血を持つ勇者シャトが無事帰還すれば話は別だったろうが。個人の厚意や感情のまま動けないというのも厄介な立場だな。辺境伯を賜った直後は、貴族の付き合いとやらで儂もブチギレそうだったが。

だからこうして話をし、義理を通している。まあ、その他にも厄介なことがあるんだが。

「旅立ちの前に我ブラッドハートから一言ある」

厄介ごとが難しい顔のまま口を開く。

「なんでしょうな？」

少々面倒な気配を感じつつも聞き返す。

「――出発前にぜひ、魔王討伐時の装備を！　見せて‼」

「アホか！」

いきなり大声を上げた前王に思わず叫び返す儂。

なんとなく予想はしていたが、お前、威厳はどうした！

「見たい、絶対見たい！　我の権限で……」

「父上……っ！」

「やかましいわ！」

六十に近い男が駄々をこね始め、息子の国王に諫《いさ》められている。思わず儂も怒鳴ってしまった。

ブラッドハート公がシャンドルド様に譲位したのが昨年のこと。この国は、王が六十を前に次代に王冠を譲ることが習わしになっている。

「ああ、ブラッドハート公は相変わらずですね」

「魔王討伐五十周年のパーティーも、前王の威厳のためには中止でよかったかもしれません」

後ろで見えないが、遠い目をしているであろう、エディルとバート。

「「剣王スイルーン、大好きですものね」」

後ろでハモるな！

「我、見たい！　見たいぞ‼　全盛期の剣王‼」

「父上ぇぇぇぇえっ！！！　侍従長、オーブを仕舞え！　ちょっ、暴れないで下さい！」

「あら貴方《あなた》、また駄々をこねてらっしゃるの？」

映像の外からブラッドハート公夫人エルディー様の、のんびりした声がしたかと思うと、ぶつんと声と映像が消え去り、息子に譲った執務室の壁がはっきり見えるようになる。

一体エルディー様にどんな目にあわされているのか。――過去に見聞きしたことから大体想像できてしまうのが困る。

「賢君と呼ばれた方なのだがな……」

思わず遠い目になる。

ブラッドハート公にはぜひ自分の心を押し殺し、王族の顔を保って欲しいところだ。

◇◆◇

数日後、結局城にいる儂。ブラッドハート公の希望に折れた形だが、過去の旅も城から出発したことを想《おも》い、それもいいかと。

王都にいる、息子と娘、孫との時間が取れたしな。

「父上、本当に若返って……っ」

騎士団長を拝命しておる長男アディルは、それなりに忙しいのだが調整して面会に来てくれた。そして、会ってから何度も同じセリフを口にしている。

そろそろ慣れてもいいのではないか？

「お父様、やはり今回の旅も魔物の討伐なのですか？　エディル兄様から女神が降臨されたと聞きましたが」

さらに忙しい、王妃となった娘のリリーホワイトが心配そうに聞いてくる。

公式の場では、娘といえども王妃として敬わねばならんのだが、今は儂と娘、孫娘の三人だけじゃ。娘の口調もほんの少しだけ砕けている。

「おじい様、また戦いに赴くのですか？」

娘の隣で、孫のアリナが心配そうに儂を見てくる。

「いいや。遭えば倒すじゃろうが、気負うようなものではない。昔の旅程を辿《たど》ろうとは思っておるが、今回は気の向くまま進む気楽な旅じゃ」

「外見こそ若返ったとはいえ、歳なのですから無茶はしないでください！　魔物に遭ったら、通報を。俺をはじめ、騎士団を頼っていただきたい」

騎士団長としてはそう言うか。

別に足腰を悪くしたわけでもなし、健康だったのじゃが今回の旅は娘にも息子にも、孫にさえ心配をさせているようじゃ。

「ああ。なるべくな」

いや、そんな面倒なことはせんが。

◇◆◇

で、息子たちと会った翌日。

現在の場所は鍛錬場、儂の格好は過去の凱旋《がいせん》パレードの時の衣装。魔王と戦った時の装備を、見目がいいよう綺麗《きれい》に整えたものだ。整えた部分が邪魔をして、正直動きにくい。髪は染め粉で黒くされるという念の入れよう。

貴族どもは排除してあるが、周囲には主だった騎士たちが、ここで見たものについて口をつぐむ沈黙の誓いのもと集まり、国王夫妻とブラッドハート公夫妻、王子と王女が揃《そろ》う御前試合。相対するのは息子。騎士団長を務め、国で一番強いことになっている。

「魔王討伐五十周年、祝賀行事への参加は叶《かな》わなくなったが、ここに非公式に剣技を見せることを命ず。辺境伯、スイルーン＝ソード＝アスター！　我が国の剣の勇者よ！」

陛下がマントを捌《さば》き、少々芝居がかって言う。

王を守る騎士たちに、剣の勇者はこの国の者だと、王を支える者だと念押しを兼ねているのだろう。

「おい、横幅が団長の半分もないぞ？」

王の言葉が終わり、儂《わし》と息子が向き合うまでの間、周囲の騎士たちがざわつく。

「前アスター辺境伯が若返ったと聞いたが、あの男が？　団長と比べるとずいぶんひょろっとしているな？」

「あれが前アスター公だというが本当だろうか……」

「陛下に対して騙《かた》るなどちう真似《まね》はすまい。それに団長が父と認めておるぞ？」

「団長のあの鍛え上げられた豪剣、受けられる者などいるのか？」

「アリナ様のように避けるならできるのでは？」

「アリナ様は身体能力も高いが、まずお体が小さい。仮にもし、万が一、アリナ様と同じ速さを持っていたとして、あの体の大きさでは団長の剣からは逃げ切れまい」

「勇者の剣は山をも裂くと言うぞ？」

「さすがに盛ってるだろ、それ。きっと騎士団長の方が強いぞ」

「ああ。剣の勇者スイルーン様とはいえ、団長には勝てまい」

どこから出た噂《うわさ》か知らんが、山を裂くというのは確かに盛っている。儂は塔をふたつに割ったことがあるが、山は割ったことはない。

威厳を見せて宣言をしたものの、王は儂が騎士団長相手にすぐに膝をつくのではないかと心配だろう。

五十年も経《た》てば、人の記憶は薄れる。それに儂たちの魔王討伐の戦いを間近で見た者はそう多くない。大抵は劇や物語で語られる姿を元に語っている。

それが演出用に誇張されたものだと、そう思われるほどには長い年月が経った。

騎士団長である息子を含め、この場にいる者たちを殲滅《せんめつ》できる自信がある、と言ったらどんな顔をするのか。

――ブラッドハート公や王はどうでもいいが、王妃となった娘と孫にはいいところを見せたい。特に娘は、儂が旅に出ると聞いて随分心配し、心を痛めておるようだからの。

彼我の力の差に怖がらせん程度に、圧勝と行こうか。

「始め！」

王城内にある鍛錬場で、王の手が振り下ろされる。

猛然と踏み込み、打ち込まれる剣を躱《かわ》す。

「……遅いな」

自分で気づいていなかったが、どうも動体視力もだいぶ落ちていたようだ。息子の踏み込みは、もう少し速いと認識していたのだが今見るとそうでもない。

なるほど、息子と娘から見ると儂が自覚しているより大きく能力の低下があったわけか。

自分で若い時との差を把握できておらぬのでは、心配されるはずだ。

さて、すぐに決着をつけてはブラッドハート公が満足せんだろう。あまり速すぎると見逃したと騒がれそうだ。かと言って、長く見世物《みせもの》になるつもりもない。再び踏み込んでくる息子。

一応、剣を受けて。

「おおお⁉　団長の豪剣を止めたぞ！」

弾《はじ》き返し。

「馬鹿な、押し返した⁉」

踏み込んで。

「速い！」

息子の剣を弾き上げる。

「……っ」

喧《やかま》しかったのに、急に静かになった鍛錬場に剣の落ちる音が響く。

大変わかりやすく捌いた結果、一拍置いて歓声が上がる。いや、大丈夫か？　騎士団長が負けておるのじゃぞ？　喜んでいる場合ではなかろう。儂は息子が心配になったぞ？

「参りました！　父上の此度《こたび》の旅、なんの憂いなく。魔物の討伐の旅だとて驚きません！」

負けた息子がキラキラした目でこっちを見てくる。

「自由気ままな旅だと言っておろうに」

昨夜話しただろうが。

最終的な目的はともかく、旅自体は魔王討伐の旅で急足で戦いながら巡った場所が、今どうなっているかゆっくり見てまわるつもりなのだ。

「なるほど、他人には公言できぬ女神の使命ですな⁉　それでも父上なら果たされましょう！」

「話を聞け！　平和になった世界をのんびり見て回る旅じゃ！」

我が息子ながら話を聞かん！　大丈夫なのか、この国の騎士団？

◇◆◇

少々後顧に憂いを残しつつ、無事出発する。若返ったことも秘密に、そっと旅立つつもりだったのに、随分目立つことをしてしまった。

あの見世物で、感激したブラッドハート公と王から、旅の餞別《せんべつ》にマジックマントをもらった。飛び道具や魔法などをある程度防いでくれるそうだが、旅に出る身としては雨粒を防いでくれるというのが何より嬉《うれ》しい。

魔王討伐時に使っていた装備は、国から借りたものは返還しているし、防具の類は戦いで使い物にならなくなったものも多い。むろん、息子に継いだものもある。今、儂が持つのは儂の剣のみなので、ありがたい。

まあ、魔王討伐時の装備は御前試合で久しぶりに身につけたんだが。マジックマントをもらえて、見世物になった甲斐《かい》があった、としておこう。王からは、自分の父であるブラッドハート公のあれこれに、謝られまくってしまったし。

王宮で頭の痛い数日を過ごしたが、旅立つ前に子供たちと孫たちに会えたのは素直に嬉しい。

友人と呼べる者たちは年代的に領地に引っ込んでおる者が多いのだが、それでも幾人か王都にいた者らに挨拶もできた。

王都の門を出て、城壁の外に広がる町を抜ける。さすがに勇者パーティーの剣士と気づく者はいない。恥ずかしいことに絵姿や彫像もあちこちにあるが、王都では辺境伯として歳《とし》をとった姿を何度か晒《さら》しておるし、今の儂を勇者パーティーと結びつけるのは難しいだろう。

「さて、まずどこへ行くか」

麦畑に囲まれた道の真ん中で周囲を眺める。

——魔王討伐の旅も、王宮からであったな。

あの頃は、儂が住んでいた場所と比べ、王都周辺はまだ平和で暢気《のんき》だった。勇者を送りだす催しなど、のんびり悠長なことをする面々にイラついてしょうがなかった覚えがある。王族であるシャトともよくぶつかった。

辺境伯を務めた今、華やかな催しは人心を落ち着かせるため、そしてその裏で各方面への根回し、儂たちだけでなく騎士団の派遣など、準備の時間が要ったのだろうとわかる。

実際、魔王討伐の旅はきつかったが、王国内で町や村に寄れば、魔物に荒らされる中、食料を提供してくれたり、使いが置いていった物資を受け取ることもできた。

かつての魔王討伐の旅路を辿《たど》るつもりではいるが、王都から出た一月《ひとつき》ほどは印象が薄い。旅の始まりは被害の出ている都市へと派遣される騎士団と一緒で、移動は馬車、泊まりは天幕だった。

立ち寄る町には全ての人数を収容できる宿はなく、水などの物資の調達で入りはしたが、それだけだ。騎士団の中の高位貴族は宿を使い、王族であるシャトを含む儂らにも声がかかったが、シャトが断った。

王都に近い都市ほど――人の手が入っている場所ほど魔物の被害が少なく、そういった余裕のある都市から兵が合流してきて、そしてすぐに被害が著しい都市に向かい、分かれていった。

飛行するタイプの魔物は思いもよらぬ場所に現れることもあり、騎士団と一緒に何度か戦ったこともある。旅の始まりは場所よりも共闘した騎士たちの印象が強い。

四人での活動の記憶は王都から離れた小さな村から。まずはそこを目指すつもりで出てきた。三叉路《さんさろ》のうち右と中央、どちらを進んでも距離は似たようなものだ。

「おう、兄ちゃん！　テルマなら銅貨三枚でどうだい？」

いっそ棒倒しでもして決めようかというところに、街道を進む荷馬車から声がかかる。

テルマは確か右の道を行った先にある町。どうやら進む道が決まったようだ。

「頼もう」

儂の返事に馭者《ぎょしゃ》が荷馬車を止める。

銅貨三枚を払って、乗り込む。荷台には王都で買い入れたものか、木箱がいくつかと先客が二人。

一人はすっぽりと頭からローブをかぶっている。知り合いか、儂のように金をもらって乗せたのか、馭者とそう親しいわけではなさそうだ。もう一人は格好からしておそらく、馬車の護衛に雇われた冒険者だろう。

王都に何かを納品した帰りというところか。鉄の車輪と幌《ほろ》のついたものほどではないが、それなりに立派な荷馬車だ。古びてはいるがよく手入れされ、荷台が抜けそうってこともない。麦よりは重い物を運ぶのだろう。

冒険者らしき男は剣を抱え、木箱に寄りかかって座っている。不服そうにじろじろとこちらを見てくる、儂がどんな者か探る視線。気持ちはわかる。

素性が謎な剣を持つ者を拾うなよ！　人気《ひとけ》のないとこで強盗に変わったらどうすんだよ！　とな。

人のいいシャトが、見るからに怪しいヤツに一緒に次の町に行こうと声をかけて、何度か頭の痛い思いをしたことを思い出す。

何事もなかったことがほとんどだが、ソロの荷物泥棒と野盗の仲間の誘導係が何度か、一度だけ魔王の手下。――懐《なつ》かしい。

思わず護衛に同情しつつ、荷馬車に乗り込む。

「ご苦労さん、よろしく頼む」

一言声をかけて、ローブの隣、護衛の向かいに座る。

「その人も『お告げ』の人だ。もう乗せねぇよ」

「なんだ、早く言ってくれよ。あんた、王都で魔王討伐五十周年のお祭りがあるんだぜ？もう少しいりゃいいのに」

駅者台から暢気な男の声がして、護衛の肩から力が抜ける。

最近は猫も杓子《しゃくし》も『お告げ』だからで済ます。本当に『お告げ』があったのかは疑うが、『お告げ』自体を疑うことはない。

『お告げ』は善なる神ラーヌの導きとご意思、そのまま従うことが己自身にも世界にも良いという認識が根付いている。

「最近はどなたにも『お告げ』が降りますね。商売上がったりですよ」

そう言って、目深《まぶか》にかぶっていたフードを取る隣の同行者。

聞き覚えのある声――

「って、おまっ！」

「ふふ。何をするのか知りませんが、抜け駆けはいけません」

マリウス＝クラブ＝テルバン。

神殿の最高位まで登りつめた男が、不似合いな荷馬車の上で青々とした麦畑を背景に笑っている。

「神殿はどうした、貴様⁉」

「老体ですからねぇ、引退してきましたよ」

「さらっと言うな！　簡単にできることではないであろうが！」

うさんくさい笑顔で返された言葉に、思わず言い返す。

「ここ一月ほど体調がすぐれませんで、もって何年でしょうかねぇ？　ごほっ、ごほっ」

「真顔で咳《せき》の真似《まね》をするのはやめろ！　というかその擬音の棒読みやめろ！　貴様は後五十年は生きるわ！」

「勝手に種族の壁を超える寿命にしないでいただきたい」

かすかに眉根を寄せ、穏やかな声で不満を伝えてくる。

そうだ、コイツはこういうヤツだった……っ！

齢《よわい》七十三、歳をとってもどこか優雅なマリウスは未《いま》だ女性にモテる。そもそもテルバン公爵家の出で、王家の血も混じっており王位の継承権もあった。

帰還後に公爵家を継ぐはずだったが、王家にシャトが戻らなかったため、要らぬ権力闘争に巻き込まれる前に、さっさと俗世を捨てて神殿に入った男だ。結局爵位は弟が継いだ。

「私が残るとするでしょう？」

「ん？」

「あの方が、三日と空けず貴方《あなた》の様子を水盤で見せろと言ってくる未来しか見えなかったんですよねぇ。面倒臭い」

気だるそうに言うマリウス。

「……」

最後の一言は不敬ではないか？　だが否定、否定ができんぞ!?　ブラッドハート公がやりそうなことだ。

「魔王討伐の旅ではありませんが、貴方の『旅』ならば気になって仕方がないでしょうね、業務に支障が出るレベルで」

「その辺は血族としてなんとかしろ。儂《わし》もあの方の行動には、迷……いささか困惑しておる」

「迷惑とは不敬な」

マリウスが涼しい顔で突っ込んでくる。

「名を出しておらぬし、ギリギリ言っておらんわ！」

お前の面倒くさい発言の方がひどいだろうが！

「……おい。神殿で拝見したことのある顔なんだが、気のせいか？」

「門を出るところで声をかけられて、フードの中の顔は見てないぞ。そして俺は今、馬を操ってるから前しか見えない」

「おまっ、見ないふりかよ！　絶対お忍びで抜け出そうとしてるお偉いさんだろ⁉　これ手伝いして、後でつかまらねぇだろうな？　本当に『お告げ』なんだろうな？」

「大丈夫じゃねぇぇえぇえっ！」

「大丈夫、俺は見てない。知らなかった！」

——なんというか、小声でこそこそと話していた馭者と護衛の男の声が、だんだん大きくなってきてだな。

「真面目に追っ手がかかるなんてことないだろうな？」

腕を組んで、涼しい顔のマリウスをジト目で見る。

「大丈夫ですよ、多分」

穏やかに笑うマリウス。

「多分ってなんじゃ、多分って！」

「罪を犯したわけではないですしね。手紙も宿題も置いてきました、多分四日くらい徹夜をしたら、こちらに割く労力がなくなって諦めますよ」

それダメなヤツって言わないか？

確か神殿のナンバー2はマイクロフト侯爵のところの小倅《こせがれ》だったか。この男の宿題という名の置き土産はえげつなそうじゃ……。

「多少ですがマイクロフト家も絡《から》み、十を超える家が没落する可能性のある事案ですので、きっと頑張ってくれますよ」

ちょっと聞いただけで頭の痛くなるような内容を、さらりと口にしながらにっこり微笑《ほほえ》む目の前の男。

「まさか仕込んだのではあるまいな？」

「ふふ。今、一連の出来事が一度に表に出てくるように少々手は加えましたが、元々あった問題ですよ？」

本当に含み笑いの似合う男だな⁉

——神殿でこいつの部下、大変だったじゃろな……。

「貴様の体力は心配せんが、野営もする旅じゃぞ？　神殿で大事にされとった男に耐えられるのか？」

「何をおっしゃる。神殿では質素倹約、精進潔斎して神への奉仕ですよ？」

すました顔のマリウス。

嘘《うそ》をつけ。神殿の上級神官の身の回りは、派手ではないが全て吟味されたもので揃《そろ》えられていたはずだ。

ただ体力の方は本当に心配していない。マリウスは回復魔法の他、身体強化魔法も得意で、魔力が尽きるまでコイツの体力も尽きないことは、過去の旅でよくわかっている。コイツは死ぬ時まで元気なままじゃ。

体術・棒術を修めておって、魔王討伐のために旅立った当時、おそらくマリウスが一番強かった。だが、魔王を倒せるのは女神ラーヌの剣を持つシャトのみ。パーティーに回復役がおらんと困るから、という理由でその役割を担《にな》っていた男だ。

実戦を積むごとに、儂もシャトも強くなったので、マリウスが一番強かったのはあくまで旅の初期だ。まあ、マリウスもえげつないくらい魔法の実力を上げていたが。

「いっそイレーヌも呼びますかねぇ」

「やめろ！　静かな旅がカオスになるじゃろが！」

マリウスが口に出したのは旅の仲間の四人目。大地の魔女と呼ばれる美女、もしくは少女、もしくは幼女、たまに男。魔女、イレーヌ＝オゥル＝テンバー。なんというか、気分次第で姿を変える年齢不詳性別不明、どう扱ってよいかわからん人物だ。

マリウスが回復や浄化など、俗に神殿魔法とも言われる魔法を得意とするのに対し、イレーヌは古くから伝わる呪術や占い、攻撃に関する魔法が得意だ。それらは魔女の魔法と言われ、どんなに魔力が多かろうが、魔女以外の存在では大きな魔法は使えないと言われている。

そして魔女はいつも世界に一人だけ。イレーヌの魔力を受け継ぐ者が、次代の魔女になるという。

それはともかく、マリウスとイレーヌ、二人揃うと厄介なんじゃ！　おもに性格が！　からかわれたりいじられたりした覚えしかない！　儂ののんびり旅の予定が危うい……っ！

――どうにかイレーヌを呼ぶことは諦めさせたが、嫌味と不穏な城中の話を聞かされ、なんとも落ち着かない道中。

「テルマは素通りで寄ったことがなかったが、なかなか栄えとるな」

半日と少し、荷馬車に揺られて着いたテルマの町は、王都から一番近い。儂はいつもは騎乗で駆け抜けるので、馴染《なじ》みがない。かろうじて、離れた街道から町の輪郭を視界の端におさめる程度だった。

「年に一度の祭りの時など、王都で宿が取れない者たちが利用するようです。王都に用事があって、長逗留《ながとうりゅう》をする方々も。王都は種々高いですし、時期によっては滞在に制限がかかる場合がありますしね」

隣でマリウスが自分の肩に手をやりながら言う。

辺境伯たる儂の家は、王都にも館を持つのでテルマに泊まった経験はない。領地のものとは比べられぬほど狭いが、貴族の中でも上位の家は城壁で囲まれた王都に単独で館を持つ。それ以外の貴族たちの多くは集合住宅《テラスハウス》に住む。単純に城壁内の土地は限られるからの。

領地は代官に任せ、狭くとも華やかな王都に定住している者も多い。儂は現役の頃も社交シーズンに嫌々来るだけで、領地に引きこもっておったが。歌劇や演奏会、夜会などよりも遠乗りでもした方が断然良い。

テルマに滞在するのは集合住宅さえ持たぬ貴族か、裕福な民か。

荷馬車の二人は儂らを降ろすと、さっさと逃げるように出発した。マリウスはいるだけで周りに圧をかける迷惑な男だ。

降ろされたのは街に入ってすぐの広場。円形で噴水が真ん中にあり、馬車の類は左回りと決まっている。噴水が井戸に変わることもあるが、この国では典型的な様式だ。広場を囲む建物に近い側に、いくつかの露店が並ぶのもよく見る光景である。

「馬に乗っておった方が楽だったな」

荷馬車での移動は腰に響く。強張《こわば》った体を伸ばし、そうこぼす。

「慣れの問題もあるでしょうが、同意いたします」

幼い頃から神殿に入る神官たちは、馬に乗れない者がほとんどだが、公爵の嫡子だったマリウスは馬もよく操った。

「神殿に入ってからはもっぱら馬車でしたが、あそこまで揺れませんしね」

「神官服はずるずるしとるからの」

あの服で馬に跨《また が》ることはできまい。

神官長の服は人々に与える印象という点ではいいのかもしれんが、機能的ではない。マリウスをはじめ、神官たちはあれで何故《なぜ》生活できるのか全くもって理解できん。

今のマリウスは、ローブ、ズボンの上に短めの上着。短めと言っても、神殿にいる時のような引きずるほど長いものではないだけで、膝より下も隠しておる。脇にスリットが入っとるので、だいぶ動きやすくはなっとるのだろう。

「宿と食事か。宿はこの時間に取れるかの」

王都から大きな都市へ続く主要な街道には、等間隔で宿屋が整備されているが数は少ない。大抵の貴族の旅は、先ぶれを出して宿の確保や水の確保などをすることが普通だ。儂は狩りで山に籠ることもある。なので野宿にも慣れとるが、マリウスが野宿をしたのは魔王討伐の時くらいではないだろうか？　五十年も昔の話だ。これから先、野宿もあるじゃろうが、初日くらいは屋根のある場所で過ごしたい。

「この町は、宿も多いですし、混み合う時期は住人も旅人に部屋を提供することに慣れています。何とかなるでしょう」

マリウスが言う。

「屋台で買い食いでもして、聞いてみるか」

荷馬車の駆者《ぎょしゃ》か護衛に聞いておけばよかったのじゃが、マリウスが顔を見せてからビクビクしどおしだったからの。絶対目を合わせない二人に、話しかけるのは気が引けた。

旨《うま》そうな匂いと音をさせていた屋台で肉の串焼きを買い、部屋が空いてそうで、そこそこの宿をいくつか聞き出し、とりあえず一番近い宿に向かうことに。

「おや、ノル・パンケーキですか」

宿屋の一階は大抵酒場で、露店よりはいいものが食えるのだが、マリウスが露店の端で足を止めた。

パンケーキは普通ふわっとして甘いもんじゃが、ノルがつくと少々事情が違う。ノルはいうなれば、古い時代のとか古代のという意味だ。

目の前に並ぶパンケーキも、見た目からして現在パンケーキと呼ばれているものとは違う。断面がぺたっとしとって、真ん中に雑穀がはさんであるのが見える。正直に言えば、腹にはたまりそうじゃが、旨そうには見えない。

「ナッツペースト入りはできますか？」

マリウスが露店の爺《じい》さんに話しかける。

「……」

爺さんが無言でナッツペーストの入った瓶を屋台の見える場所に置く。マリウスがうなずくのを見ると、新しく焼き始めた。

壺《つぼ》からパンケーキの生地液を、ゆすり混ぜながら浅い石の鍋にそそぐ。

「砂糖は？」

「いりません」

ぶっきらぼうに問いかける露店の爺さんにマリウスが答える。

ふつふつと表面に泡が立ち始めるとナッツペーストを塗り、砕いたナッツをふりかけ鮮やかな手つきで仕上げてゆく。

「見事なもんじゃの」

遅滞のない職人の仕事はどんなものであっても見ていて気持ちがいい。

あっという間に石鍋から出され、半分に折り重ねたものに三角になるようナイフが入れられ、その半分である三ピースほどがマリウスの手に渡る。残りの半分は、屋台の雑穀が挟まれたものの隣に置かれた。

「ありがとうございます」

銅貨二枚を払って売買の終了。ちなみに雑穀が挟んであるものは銅貨一枚だ。

「さ、おひとつどうぞ」

にこやかに渡してくるマリウス。

「いや、儂《わし》は……」

雑穀が挟んであるものよりマシだが、不味《まず》いのを知っているので遠慮したい。

「私、ノル・パンケーキは苦手で」

困ったように言うマリウス。

「何故買った⁉」

わざわざナッツペーストと注文までして、積極的に買ったよな？

「ふふ」

ふふじゃない！

結局押し付けられて、もそもそと口にする。カリッとする表面はともかく、中がもっちりと言えば聞こえは良いが、もにょもにょと生焼けみたいで好かん。

ああだが、昔も食ったことがあるな。

ここではなく、小さな村で。騎士団と別れ、魔王討伐パーティーの四人だけで訪れた最初の村。

魔物の影響を受けて、厳しい生活をしている村だった。それでも魔王討伐のきつい旅に向かう儂らに、少ない食料の中から出してくれた素朴な食事。村人の厚意でナッツの入った――あの時は、マリウスが不味いとはっきり口にして、大慌てをしたんだった。

「ああ、やっぱり不味いですね」

笑いながら言うマリウス。

「確かに不味いが、残さず食えよ？」

「ええ」

それぞれ無言でもそもそと口を動かす。懐《なつ》かしい味だが、茶が欲しい。決して旨いとは言えないが、自然と口の端が上がって笑いがこみ上げる。さっき宿を聞き出すために少し腹に入れたばかりだし、今日の飯はこれで終わりじゃろう。

隣を見ると、マリウスも懐かしそうに笑っていた。


テルマで一夜を過ごし、マリウスと一緒に次の町へと森の中の街道を歩いている。

馬を借りるかという話も出たが、最初はのんびり歩いて行くことになった。王都周辺は比較的町同士が近い。魔王の現れた時代、街道も荒れたが、ブラッドハート公が王の時代に修繕に手をつけ、今は大分元に戻っている。

もっとも儂は自領と王都の行き来くらいでしか使わんので、他の様子は分からんのじゃが。領地内の街道は儂が自主的に直したが、おそらく国の財源の他、他の領土でもある程度の負担はあったはず。道の出来は均一ではないかもしれん。

それでも荒れたどころか抉《えぐ》れたような街道跡を、魔物におびえながら進むような状態だった時代よりははるかに良い。まあ、王都に近いこの辺りは荒《すさ》んだ雰囲気はあったものの、道の石畳自体はそう変わらないが。

じゃが、あの時より明るく見える。空気が軽く、世界が広い。

「あの時は少しでも魔王に近づこうと前しか見ていなかった。――光が透ける若葉というのもなかなか綺麗《きれい》なものですよねぇ」

隣をのほほんと歩くマリウス。

魔王討伐の旅の間は、馬が合わない男だと思っていたのだが、今は妙に考えていることがかぶる。春先に生まれた鳥か？　あまり上手《うま》いとは言えない囀《さえず》りも聞こえてくる。

「おじい様！」

儂を呼ぶ声に振り返ってぎょっとする。ここにいるはずのない孫娘が駆け寄ってくるのが見えた。

「アリナ！」

目の前でアリナが踏み込み、白いスカートが丸く膨らむ。おそらく魔法を使って飛ぶ高さを調整したのだろう——アリナを抱き留める。

アリナの背中をぽふぽふと軽く叩《たた》きつつ、後ろの人物を見る。

「アリナ、いくら嬉《うれ》しくても淑女としてははしたないわ」

整った顔のアリナより三歳年上の少女。

「ごめんなさい、お姉様」

そちらを見て笑顔のまま謝るアリナ。

「ふふ。アリナは可愛《かわい》い」

儂に抱かれたままのアリナの鼻の先に、人差し指でそっと触れる。

形は違うが、細部の模様やパーツが同じドレスを着ている二人。仲が良いことは結構なことなのだが、微妙に不穏な気配がするのはなぜだ。

「久しぶりですね、イオ。アリナ様も」

マリウスが驚く風もなく話しかける。

「お久しぶりです。お会いできて嬉しいです」

儂の腕の中でにこにこと笑顔を振りまくアリナ。

「お久しぶりです、おじ様、アスターのおじ様」

木々に囲まれた街道の真ん中で優雅に膝を折るイオ。

二人とも儂から見れば幼いが、この頃の三つ差というのは大きいのか、イオはアリナと比べてだいぶ大人びた対応をする。

現公爵の末の子でマリウスの血縁、そして魔女イレーヌの弟子。長く生きるイレーヌには、弟子と呼ばれる者が多いが、後継と目される者はこのイオただ一人。

イオは胎《はら》に宿った時から魔力量が多く、一時はその魔力に母の体が蝕《むしば》まれ、マリウスが

イレーヌを呼ぶ騒ぎになったと記憶している。その後、定期的にイレーヌがイオから魔力を抜いている。制御されていない魔力は、人の体を損なうのだ。

魔力を抜く際に、イレーヌが自分の魔力をイオに流した。それゆえ、イオには魔女たる魔力が少量ながら宿っている。

イオがイレーヌから魔力の制御を学び始め、魔法の道に進んだのは当然のことだった。アリナまで魔法の道に進むとは思っていなかったが。

王家は勇者の血筋を守るため、血を選び婚姻を繰り返した。公爵家もまた、王家のスペア、そして勇者を補佐する者を輩出するため、強い魔力を持つ者を取り込んできた。

それもこれも復活する魔王に対抗するため。実際、勇者は王家から、旅の仲間の内最低一人は公爵家から出ることが続いていると聞く。

魔王へと辿《たど》り着いた儂たちも勇者と呼ばれるが、厳密に言えば勇者は女神ラーヌの剣を授かった者——シャトのことじゃ。

「突然の登場は、移動の魔法ですか？」

「はい。イレーヌ様がよい機会ゆえ、週に一度ほど移動の魔法を使い、おじ様たちを目印に距離を伸ばせと。私はまだ世界を知りませんので」

マリウスの問いにイオが伏し目がちに答える。

移動の魔法は何か目印になるものがなければ上手くいかないと、イレーヌに聞いたことがある。それは術式を施した目印であったり、血族の血であったり魔力であったりする。魔女イレーヌは規格外で、一度行った場所ならば、風景を脳裏に浮かべて飛ぶことが可能だった。イオが目指しているのもそのレベルなのかもしれん。

「アリナは？」

「アリナもお勉強です、おじい様。おじい様と世界を見てこいと、ブラッドハートのおじい様が」

アリナに聞くと同じく勉強だと言う。

イオの魔力の暴走を止めることができるのは、今のところイレーヌとアリナだけなので、付き合わされたのかもしれない。

アリナは王女で可愛がられているが、国としてはこの歳ですでに移動の魔法が使える魔女の後継、イオの方が重要なはずだ。

それに移動の魔法で一緒に飛ぶ相手は、よく知っている相手でないと難しいと聞く。イレーヌが規格外すぎて、その辺の加減はよくわからんのだが。

「ブラッドハート公の声で思い浮かべると、意味が『おじい様と一緒に世界を』ではなく、『おじい様』を見てこいに聞こえるのですが、気のせいですかね？」

マリウス、不穏なことを言うな！

「はい、先の試合は素晴らしかったです！　アリナもっとおじい様の剣が見たいです！」

キラキラと瞳を輝かせて儂を見てくるアリナ。儂の孫、可愛すぎんか？

アリナたちと森の中の街道をゆく。木漏れ日の中、時々ピロピロと小鳥のさえずりが響く。

「おじい様、この鳴き声は何ですか？」

鳴く鳥の名前、枝を伸ばす木の名前、小さな花の名前——色々なことが珍しいらしく、儂の袖をちょんと引いて聞いてくるアリナ。

「ミドリワタリじゃの。この季節に渡ってくる喉が緑色をした小鳥じゃ」

緑豊かな森に暮らす鳥だ。王都にある王の森にも来るが、人の気配から遠い奥の方にしかおらんので、アリナは知らなかったとみえる。

「おじい様、今のは？　魔物？」

ギャーギャーという不気味な鳴き声にアリナ。

「カシドリかの？　怖いものではないから安心せい」

夜になると獣の声を聞くこともあるが、昼間鳴くものは鳥が多い。

縄張りに入り込まなければ、獣に襲われることはめったにない。森の中を通る街道は微妙なところだが、この季節獣が飢えるほど獲物が少ないわけでもなく、昼間か、夜でも火を焚《た》いていればわざわざ人を襲うことは少ない。

「おじい様、この花は？　お城の中庭で一度だけ見たことがあります」

小さいが目立つ黄色い花を咲かせた雑草。

雑草という名の草はない、思わず答えにつまる。

「繁殖力の強い草じゃが、今のところとくに利用価値は見つけられておらんの」

ずるいジジイは名前以外のことを答える。

「用途無く生えている草はまとめて雑草と言います。一度だけ、庭師の目を潜《くぐ》り抜けたんですね」

にっこりばっさり言い切るマリウス。

王城の中庭は国外の貴賓の目にも留まるため、寸分の隙もなく整えられているはずの場所だ。

「人間の価値観で要不要を決めるのはいかんと思うぞ」

儂《わし》も普段は雑草分類ではあるが、アリナの前では優しくありたい。

「名前自体を人がつけていますからねぇ」

「カガミグサですわ。その葉で銅鏡を磨くと輝きを取り戻すそうです」

食えない笑顔のマリウスの隣でイオが言う。

「お姉様、物知りですわ！」

目をキラキラさせてイオを見るアリナ。

「淑女として当然ですわ。──とはいえ銅鏡を使う方が減り、今は忘れられた名前かもしれません」

あるかないかの淡い笑みを口の端に浮かべるイオ。

「……淑女にいる知識なのか？」

公爵家の教育怖い。思わず隣のマリウスに小声で確認をする。

「分かりかねますが、鏡を使う古い魔法についてならばイレーヌから聞いたことがあります」

絶対魔女知識！　淑女じゃない！

ちなみに魔女イレーヌの口癖は「魔女として」だ。順調に縮小版ができあがっているようで困る。知識はともかく、頼むから性格は真似《まね》てくれるな。

「イオはすでに公爵家の教育をほぼ終えているんですよ。残っているものも、止まっているのは年齢が理由だそうです。夜会の手配など、実務は流石《さすが》に早いですからね」

「この歳でか⁉　しかもお前んとこ普通じゃないだろう」

公爵家といえば、歴史、地理、政治、戦略、哲学――ほぼ王家と同じ教育だったはずだ。

旅の間、魔王を討伐後に絶対爵位を押し付けられて国に封《ほう》じられるのだからと、嫌だと言うのに毎夜マリウスとシャトに詰め込まれた思い出。ほとんど右から左だったが、後から一般的な貴族の教育じゃなかったことだけは分かった。

他の貴族の目の届かない辺境最高！

「貴方《あなた》の孫も大概だと思いますが……」

人のこと言えないだろうと、冷めた目で見て来るマリウス。

最近、ちょっとうっかり騎士団長の長男から一本取ったらしいが、アリナは可愛いからいいの！

ぴゃー

「おじい様、あの声は？」

「あれは……。なんじゃ？」

儂の知っている動物の鳴き声ではない。

「なんでしょう？」

イオも何も言わないところをみると、知らんらしい。

足を止め、耳を澄ます。

ぴゃー

「嫌な声ではありませんね」

マリウスの言う「嫌」はここでは、魔のモノの気配のことだ。

「聖霊の類かの？　見て来るゆえ、休息しておれ」

儂の知らぬ動物の声かもしれんが、少なくとも魔物ではない。もし、聖霊の類であるなら、助けるべきだろう。

「おじい様、私も行きます」

「その格好で薮《やぶ》に入るのは無理だ。次回はズボンにするか、来る前に保全の魔法をかけてもらえ」

アリナは儂の血を継いで剣の才は破格。しかし、体が軽すぎて致命傷を与えられぬので、実戦では問題外だ。狙う場所も考えてはいるようだが、人相手と動物や魔物相手では違う。

「せっかく剣を補助する魔法を習得したのに残念です」

しゅんとするアリナ。

今現在アリナが魔法の道に進んでいるのも、あくまで剣での戦いを優位にするためらしい。儂には魔力はほとんどないので想像もつかんが、マリウスの身体強化魔法のようなもんかの？

「帰るために必要な魔力、そして淑女として、いざという時のための攻撃用の魔力は残しておかねばなりませんわ。――ごめんなさい、アリナ。次回までに必ず保全の魔法を使えるよう、魔力を増やす努力をするわ」

きゅっとアリナの手を握るイオ。

いや、城で普通に宮廷魔術師に頼めばいいのでは……？

腑《ふ》に落ちないまま、草をかき分け森に入る。どんな理由であってもやる気になるのはいいことだ、幼児《おさなご》のそのやる気を削《そ》ぐつもりはない。

「まあ、私が使えるんですけどねぇ」

後からボソリとした低い声が聞こえる。

マリウスは黙っておれ。

森に分け入り、声のする方に向かう。

魔王トーラーが魔物たちを使って人間に物理的に干渉してくるのに対して、善なる神ラーヌは人間の世界にお告げを使い精神的に干渉する。そして魔王が稀《まれ》に人間に直接囁《ささや》き唆《そそのか》すことがあるように、聖霊は善神の物理的干渉なのだという。

聖霊の形は様々だ。植物や動物の形をとることも、人間の形をとることさえある。聖霊が機嫌よくいるだけで、その土地は豊かになるため、見かけたら手助けするなり見守るなりするのが習わしだ。

「……」

ぴゃーぴゃーという少しなさけない声を辿り、下生えの枝をかき分ける。――真っ白いフェレットのような物体が絡《から》まって地面に落ちていた。

「……」

確かに体は長いようだが、どうやったら固結びになるんじゃ？　これ、一応聖霊の類かの？　獣の姿ゆえ、聖獣か。見なかったことにしてはダメかの？

「ぴゃー」

動物の表情なぞ分からんのだが、ものすごく半泣きな様子。

「あー……。解いてやるから暴れるでないぞ？」

絡まった聖霊なんぞ、初めて見た。

気配的に魔物でないことは確実、かと言って聖獣かと言われると首を傾《かし》げたくなる状態で落ちとるんだが、ただの動物がこんな状態になることはもっとない。だから多分聖獣なのだろう。

暴れたところで固結びなんだが。そろそろと手を伸ばし、聖獣に触れる。む、ふわふわ……。無駄にいい手触りしおって。

言葉がわかったのか、大人しくしておるので絡まりをそっと解く。何をどうやっても痛そうな気がしていたのだが、存外引っかかることもなくするりと解けた。

ラーヌを顕《あらわ》す白、耳の先と手足、尻尾の先だけ青灰色。短い手足に長い胴、フェレットより心持ち丸い顔、丸い尻――太り過ぎか？　首とか胸の上の方は細いのになんかどっしりしとるな。ああ、伸びるとほぼ同じ太さなのか。

「ほれ、これでいいじゃろ」

ようやく自由になったとばかりに、慌てた感じで自身の体をぺろぺろと舐《な》める聖獣。

特に問題ないようだな。聖霊は割と丈夫なもんじゃ。

「ぴゃー」

街道に戻ろうと背を向けたら、マントをよじ登って来た。

「これ、儂は長旅の途中じゃ。ついでに今のラーヌに関係する者を傍《かたわ》らに置くつもりはない――、っておぬしが鳴くから集まって来たじゃろが！」

森の中から魔物の気配が二つ、三つ、四つ。街道に近い浅い場所に昼間からいるものではないので、確実にこの聖霊狙いじゃろう。一体いつから鳴いていたのか、随分奥の方から呼び寄せたらしい。

魔物は聖霊を喰《く》らいたがる。

「水焔《すいえん》」

名を呼ぶと、左の手のひらから剣の柄が姿を見せる。

儂が使える唯一の魔法。とはいえ儂の魔力を使うというだけで、魔法自体はこの水焔にかかっておるのだが。

剣を引き抜き、魔物の襲来に備える。

気配だけでなく、地を走り草を踏み、枝の折れる音が聞こえるようになり、やがて魔物が姿を見せる。

「灰梟《はいふくろう》と鉤爪狼《かぎづめおおかみ》か。梟は耳がいいからな」

梟一羽に狼三匹。

森の奥に棲《す》みついた魔物だろうが、この森自体が人の生活圏に近い場所だ、大した魔物ではない。

一歩も動かないままで、顔を狙って突っ込んで来た梟を斬り落とし、剣を返して狼を一匹斬り捨てる。残り二匹はまとめて薙《な》ぐ。

走って来た勢いのまま飛びかかって来た三匹だが、連携も何もないのでは、相手にもならん。同時に襲って来ても二匹の距離が近ければ、的が狙いやすく固まっているだけの話だ。

剣を振るって魔物特有の赤黒い血を落とす。これだけで水焔の表面には一滴も残らず、曇りもない。

左手に剣を納め、ため息を一つ。

「おい。しがみつくな」

背中にがっしり聖獣がしがみついている。

しがみつかれて皺《しわ》が寄っているであろうマントを引っ張る。む、けっこう力があるな？

「ぴゃー」

マントに顔を埋《うず》めておるのか、くぐもったさらに情けない鳴き声が背中から上がる。

「おい、大人しく離れろ。儂《わし》は飼わんぞ」

マントがひきつれる。どうやらいっそうしがみつくことに力を入れた様子。

「おい……」

困るのだが。

背中に聖獣をくっつけたまま、とりあえず魔物の核を壊す。世界に溢《あふ》れる魔王の魔力が凝《こご》って魔物が生まれる。それがさらに凝ると、魔物の中で核と呼ばれる小さな黒い水晶になる。生まれたての魔物にはないものだが、これを壊さんと魔物は再び動き出す。

体内に魔石と呼ばれる宝石を持つ魔物もあり、時々知識のない者が間違え、町に運び込んだ魔物が復活するという事故が起こる。

核を壊すと、消える魔物、特定の部位を残す魔物、そのままの姿を保つ魔物と、様々だ。そもそも魔力が凝っただけの魔物、もともとこの世界にいる動物に魔王の魔力が混じった魔物など、在り方自体が多様なのだ。

今倒した狼の魔物と梟の魔物は、牙と羽根を残した。

今の儂にとっては特に価値あるものではないが、一応拾っておく。――稼ぐことを知らない、シャトやマリウスに呆《あき》れたことを思い出す。狼の魔物は割と多いので、国の支援の届かぬ地では、牙はいい小銭稼ぎになった。高く売れる毛皮を残すと、テンションが上がったもんじゃ。

最後の方は、マリウスが守銭奴になっとったがの。

「おじい様！」

街道に戻ると、アリナが駆け寄って来た。

「おかえりなさいませ」

ちょんと片足を引き、腰を少しだけ沈める略式の挨拶を返してくるイオ。

「貴方《あなた》にしては時間がかかると思えば、何を愉快に張り付けているんです？」

「うるさい。取れんのじゃからしかたないじゃろ！　ほれ、土産じゃ」

めざとく揶揄《からか》って来たマリウスに狼の牙を投げる。

「おや、懐《なつ》かしいですね」

危なげなく受け取ったマリウスが、手のひらの中のものを見て言う。

「シャトが何の執着もなく人に与えるせいで、だいぶ苦労しました」

懐かしそうに手のひらの牙を転がすマリウス。

シャトは、本人の責に因《よ》らぬことで困っている人を見かけると、放っておけない男だった。たとえ騙《だま》されても、少し怒った後に、困っている人はいなかったのかと笑う。

例えば博打《ばくち》でスッた者に金を与えることはしなかったが、その娘に親が原因の危難が降りかかっていると知れば、娘に金をやる。

そんなシャトを見て、当時はイライラしたもんじゃ。

ところで背中にくっついたヤツが、全く離れる気配がない。

「おぬしも旅の初めは豪遊しまくっていたではないか」

顔はマリウスに向けたまま、背中に手を回してもぞもぞと。どこを摑《つか》めばいいのじゃ？

「それまでの生活基準で物を選ぶとそうなっただけです。すぐに何にどれだけの金がかかるか、所持金はどれほどか学びましたよ。公爵家での生活は、直接金のやりとりをすることはほぼ無いですからね。心付けの支払いも侍従がしますし、代金は信用買いで後から請求ですから」

マリウスが肩をすくめてみせる。

そもそも一人で出かけるような立場ではなく、必ず護衛兼務の侍従がついているような生活だった男だ。世間知らずは仕方がない。

店での買い物よりも、領地や国同士の物の流通を考え、全体を富ませることによって民の生活を向上させることが公爵の仕事だ。民の生活くらい知っておけとは思うが。

そういう意味ではシャトは王には向いていなかったかもしれぬ。身を切って個々を救い上げたがために、度々魔王討伐の足を止めることになった。個々は見捨てて、さっさと魔王を討伐した方が全体のためには明らかにいい。

――今考えると勇者には向いていたのだろうな。一緒にいる時はイライラしたもんじゃが。儂の考えでは個々を見捨てず、すくい上げ、人々に希望をふりまくのが勇者だ。

「直接……。お金に触るのですか？」

不思議そうに首を傾げるアリナ。

マリウスやシャトより、もっと世間知らずがいた……っ！

しかし、会話に耳を傾けつつ視線は儂の体を抜けて、背中の辺りに固定されている気がする。おそらく、背中の物体について聞きたいが、話の流れが変わってしまい突っ込めずにいるのだろう。三人とも視線の焦点がどう見ても儂の背中じゃ。

「現金掛け値無しというものですわ、確か」

どこで覚えたのかイオが答える。

「最近巷《ちまた》では、新しい物でもそのような商売が流行《はや》っているようですね」

おっとり笑うマリウス。

たいていのものは注文があってから作るし、新しい物は信用のおける——体面を気にする貴族や金のある大商人に持ち込まれる。そしてそれらは月末か年払いだ。

そういうわけで、中古品は別として、新しい物はツケ払いが普通だったのだが、商品の値段にのせられていた、代金回収漏れ分の掛け値を無くして、安い代わりにその場で現金払いというものが街で流行っている。

「元狩り人が始まりと聞くな」

背中にひっついているものを何とか剝がそうと試みながら、会話に加わる。

狩り人は、魔物を狩って生計を立てる者たちだ。ピンキリだが金はあるがいつ仕事で怪《け》我《が》をするか分からないため、信用は低い。品物と金の交換で、取りっぱぐれを防いだのが始まりと言われている。

「ところで、諦めたらいかがです？」

背中に手を伸ばしてもぞもぞしている儂に、マリウスがにこやかな顔を向けてくる。

「おのれ……！」

「おじい様、手伝います」

見かねたアリナが申し出て、儂の後ろに回る。

儂の孫娘は困っておる人に手を差し出せる優しい子に育っておる。嬉《うれ》しくなりながら、膝を落としてアリナの手が届くようにする。

「あ……？」

アリナから小さな戸惑いの声が漏れる。

「おや、触れませんか」

「アスターのおじ様は触れてらっしゃるようですが」

マリウスとイオが儂の背中を覗《のぞ》き込んで言う。

目の前で人が困っていても、手伝わない二人である。

「流石《さすが》、聖霊ですねぇ。スイルーンの格好は愉快ですが」

笑いを含んだ柔らかい声。おのれ、マリウス！

「聖霊なのですか？」

首を傾《かし》げて不思議そうに背中の物体を見、儂を見るアリナ。

背中に張り付いとるこれが聖霊かどうかは、絡《から》まったあの情けない姿を見た身としては即答したくない。消去法で聖霊しかないのだが。

「触れられないということは、聖霊なのですね？　でもアスターのおじ様が触れられるのならば聖獣……でしょうか？」

イオの言うように、実体があるかないかで聖霊と聖獣を分ける場合もある。その場合、鳥の姿をしていても聖獣だ。

「何とかしろ。神殿の領分じゃろ！」

マリウスに訴える。

「聖霊の意思に添うのが本分ですよ」

しれっと言い返される。

背中に張り付いておる聖霊を敬う気もないくせに……っ！

「ぴゃー」

ぴゃーじゃない、主張するな！

「おそらく同行を許可すれば、少なくともその愉快な姿からは解放されますよ」

にやにやと──上品な顔はそう見えないが、絶対ににやにやしながらマリウス。

「貴様……」

マリウスを睨《にら》みつけるが、どこ吹く風だ。

このぴゃーぴゃー情けなく鳴くモノを連れて行けと？　この旅に女神ラーヌの聖獣を？

過去の旅は女神ラーヌに導かれ、魔王トーラーの元に辿り着いた。今回の旅も否応《いやおう》なく女神の気配と魔王の残滓《ざんし》をそこかしこに感じることになるだろう。

それでも。儂がこの旅の道中に思いを馳《は》せたいのは、過去の旅のことであって、新しい女神の試練や標《しるべ》ではない。それらはむしろ邪魔だ。

「おじい様……。必死にしがみついていて、可哀《かわい》そうです」

悲しそうな顔で見上げてくるアリナ。

「うっ……」

孫、儂の可愛《かわい》い孫が！

「アリナ……」

アリナの肩を抱きこむようにして落ち着かせつつ、儂《わし》に非難するような視線を向けてくるイオ。

「意地悪な老人ですねぇ」

顎を上げこちらを見て、目を細めて笑うマリウス。

「く……っ」

「ぴゃー」

ぴゃーではないわ！　おのれ……っ！

「わかった。連れてゆく、連れてゆけばいいのだろう⁉」

あーもう、くそっ！

「おじい様！」

ぱーっと花が咲いたような笑顔を見せるアリナ。

うう、うちの孫が可愛い。

「ぴゃー」

ぴゃーではないわ！

陽《ひ》のあるうちにアリナとイオは再び移動の魔法を使い、帰っていった。

学ぶべきことを大分先まで終わらせているとはいえ、二人の自由時間は少ない。新緑の街道を孫と散歩はしばしの癒《いや》しじゃった。

◇◆◇

一応、休日もあるはずなので、良さげな町が近づいたら調整できんか聞いてみよう。王室揃《そろ》っての公務や神殿への慰問など、あの幼さで勉強の他にも忙しくしている。少し息抜きにでもなればと思う。

「残ったのはこやつか……」

肩越しに背中に張り付いている聖獣のほうに視線をやる。場所が場所だけに儂からは見えないが。

「まあ、多少愉快さは減りましたね」

儂の背中というか、儂を見てマリウスが言う。

どう考えても儂が愉快な姿だって言っとるじゃろ！　おのれ……。

背中に張り付いておった聖獣は、今は儂の首の下あたりに頭だけのぞかせている。マントの上からマントの内側に移動しただけとも言う。踏ん張りながら張り付いているのは変わらない。

「肩辺りに移動するのかと思ったのですが、よほど貴方《あなた》の背中が気に入ったんですかね？

それともまだ貴方の手から逃げているのですかね？」

「知らんわ！」

笑いを含むマリウスの言葉にぞんざいに返す。

儂以外は触れんらしいが、儂も逃げられるので触ることはできても摑んで引っぺがすまで至らない。ほっそりからどっしり、何やら胴体は伸び縮みするらしい。面妖な。

「結局名前はどうするのですか？」

「『ぴゃー』でいいじゃろ『ぴゃー』で」

「ダメに決まっているでしょう」

マリウスに素気無《すげな》く却下される。

「ぴゃー」

「ほれ、『ぴゃー』でいいじゃろ」

「『聖獣ぴゃー』などと紹介するはめになるのですよ？　私は嫌です」

そう言われるとそうじゃの。

「……何がいいんじゃ」

あいにく名付けのセンスには自信がない。

「貴方に張り付いているんですから、スイルーン二世とかでいいんじゃないですか？」

「アホか！」

　もっと嫌じゃわ！

「ぴゃー」

「ほら、いいようですよ」

「ダメに決まっとるじゃろ！」

　ジジイが二人、街道をのんびり歩きながら言い合う。

　儂は一人で歩くと、どうも気が急《せ》いてろくに風景も見ずに先へ先へと進む傾向がある。

この旅にマリウスの同行があったのはいいことなのだろう。

「オスなんですか？　メスなんですか？　聖獣の場合、無性もありえますが」

「どっちでもいい名前にすればいいじゃろ」

　石畳に落ちている枝を拾う。

「白いですしねぇ。シンジュでいかがです？」

　マリウスも足元の枯れ枝に手を伸ばす。

　そろそろ野営の準備だ。

「真珠、海の至宝か。このぴゃーぴゃー鳴くモノに大層な名前じゃの」

「聖霊は大層なモノなのですよ」

このぴゃーが？

いや知っている。聖霊がそこにいるだけで、気候が安定し作物の実りが良くなる。害虫の発生は抑えられ、食料となる森の動物は増える。

苦労して畑を耕し、守り、その挙句の長雨に作物をダメにする。聖霊がいるのならばその機嫌をとっていた方が、楽であるし確実だ。

「儂も含めて、人間は怠け者だからの」

できればそんなモノに頼らず、自身の努力の範囲で得られるものを摑《つか》みたい。だが、儂とて領地で二、三年も悪天候が続けば聖霊を望みたくなるじゃろう。

「人間は弱い生き物なんですよ」

マリウスが穏やかな笑顔で言う。

「──シンジュか」

「ぴゃー」

背中から嬉しそうな声が上がる。

「まあ、確かにコレの毛色は真珠じゃの。柔らかなのに光沢がある不思議な毛並みじゃ」

耳や手足、尻尾の先はその中でも珍しい青真珠の色――だった気がする。ずっと背中に張り付いておるので、最初の絡まっとる時しかまじまじと見とらん。そもそも儂は宝石の類に疎《うと》いしの。

「本人もよろしいようですし、シンジュ様とお呼びしましょう」

「ぴゃー」

「様は要らんじゃろ」

「一般的に言って要ります」

二、三日前に強風でも吹いたのか、森に分け入るまでもなく街道に落ちていた枝で焚《た》き火《び》を作るための十分な量が集まる。

「さて、この辺りに水場はありましたか？」

「確か、もう少し先で浅瀬を通る」

マリウスはあまり王都から出る立場ではない。出るとしても馬車の中だろう。だから街や地形についての情報は集めて頭に入っているものの、どうやら実際の旅に役立つ生活に密接する情報は持っていないらしい。

この辺りは起伏がなく、場所によっては小川が浅く大きく広がっている。その牛や羊などども渡れる、踝《くるぶし》ほどもないフォードと呼ばれる浅瀬を街道が横切っている。

「じゃが水辺に近すぎるとまだ夜は冷えるぞ」

あたりを見回し、マリウスに言う。

しばらく場所を物色し、水辺からも街道からも近すぎず遠すぎない、大きな木のたもとを今晩の野営地とする。

「夕食は何になりますかね」

「火を熾《おこ》して待っておれ」

短弓の弦を張り直し、さらに森の奥に進む。

弓と矢は少々嵩張《かさば》るが、狩りには手軽だ。森の中では作り方を知っておれば、矢の補充も自分でできる。――弓矢の印《しるし》を持つ者に会ったことがあるが、なかなか便利そうだったの。

儂の印は左の手のひら。剣との契約の印で、魔力を通してここから剣を出す。この身が鞘《さや》で、普段は己が体を巡る魔力で剣を養っておる。

印は自分で手に入れるか、遺伝によって子の一人に受け継がれる。儂の剣は自力で手に入れたものだし、マリウスの杖《つえ》は魔王討伐の旅の中で手に入れた物。シャトの勇者の剣は遺伝だ。

武器に認められねば手に入れることは叶《かな》わぬし、血筋で継いだ武器に見放されることもある。武器にはナイフから大剣、ハンマー、杖、鉄球……おおよそ、世にある武器は印の武器としても存在していると言われる。そうはいっても、あまり新しく開発されたものはないようじゃがな。

マリウスの印は左の鎖骨の下あたり、シャトは胸の中央にあった。大抵は手や腕、胸の周辺にある――弓と矢の男は膝から出しておったので、儂の周囲に多いだけかもしれんが。印を持つ者は少ないのだが、なにせ魔王討伐なんぞに関わってくる者はそれなりの実力を持つ者たちなので、儂の遭遇率は高かった。

つらつらと埒《らち》もないことを考えながら、見るともなしに獲物に向かって矢を射る。気配を探るのはもはや行動の一部、息をするのと同じこと。そして普通の獣や鳥を相手に矢を外したことはない。

あの大きさはヤマシギあたりかの。もう一匹何か仕留めんとマリウスが文句を言うな。

どさりと音のした方に歩きながら、鳥がいいか魚がいいか次の獲物を考える。流石《さすが》に猪《いのしし》や鹿が獲《と》れるのはもっと奥だ。いや、ここならば浅瀬を渡るために寄ってくるか？

久々の野営に少し心が浮き立っているようだ。

「ぴゃー」

「ぴゃーではない。獲物が逃げるじゃろうが」

問題はこの背中の物体をどう剝がすかじゃ。引っぺがす方法を考えながら、同時に夕食も考える。

森は続くが、川は少ない。それに鳥は獲った。

と言うわけで魚じゃ。夜が近づき水温が下がると魚が姿を見せなくなる。

ギリギリじゃったの。泳いでいる魚を見てほっとする、隠れられると厄介だ。捕まえる方法がないわけじゃないが、それは面倒だ。

ぴしり。

細く長い枝を振るうと、魚が宙を舞う。泳いでいる魚を枝で引っかけて、水から放り出している。

いったい何のきっかけで始めたんだったか。ああ、確かシャトに煽《あお》られたんじゃった。いや、煽ったのはマリウスとイレーヌじゃな。シャトは逆に儂《わし》を擁護した、シャトの釣った魚を分けると言われ、儂が勝手に反発したんじゃった。

釣りは割と得意なほうだったが、その日はたまたま儂だけ釣れなかった。なのに水の中を魚がのんびり泳いでいるのが見えて、腹を立てて竿《さお》にしていた枝で引っかけて。——あれが最初じゃな。

四匹ほど水から撥《は》ね上げたところで、水面《みなも》に出ている石を跳んで岸に戻る。草の上で暴れる魚を捕まえ、水辺で捌《さば》いて内臓を洗い流す。先に葉を残した若枝をエラに通し、四匹を連ねる。

「……ぴゃーは何を食うのじゃ？」

戻ろうとして、はたと気づく。聖霊は供物《くもつ》から、というか祈りからしか力を得られんとか何とか。

「ぴゃー」

まあいい、戻って専門家に聞こう。

ヤマシギ一匹、それなりの大きさのマスを四匹。マリウスはヤマシギ半分、マスは一匹ってとこじゃろ。ぴゃーが一、二匹食べても問題ない。

◇◆◇

「結局、ぴゃーで定着しているではないですか」

戻ってマリウスに聞くと、まずあきれられた。

「シンジュは何を食うんじゃ？」

あきれられて付けた名前を思い出し、聞き直す。

「食べなくても問題はありませんが、人々の祈りと言祝《ことほ》がれた供物ですね。言祝ぎは私ができますよ」

言い直した儂にこともなげに答えるマリウス、性格が悪くてもさすが神官じゃな。

昔よりは丸くなった気はするが、儂が身構えたり勘ぐったりするのはしょうがあるまい。

「なるほど、ではとりあえず焼くか」

荷物から塩を取り出し準備をする。

「どうぞ」

「ん」

マリウスから差し出された草を受けとる。

「迷迭香《マンネンロウ》か」

流れで濯《すす》いだらしく、濡《ぬ》れていたので軽く振って水を切り、早く焼けるよう開いて半身に分けたヤマシギに擦《こす》り付け、残りをマスの腹に詰める。

儂が獲物を見つけている間に、火を熾し、周囲で他に食うものがないか探したのだろう。

迷迭香は香りの強い香草で、肉の臭み消しによく使われる。淡白な魚の身に香りづけするのにも相性が良く、重宝する。

旅人が種を見つけると採取してばらまく習慣があるため、街道沿いにはこういった香草がよく生えている。

「平和ですね」

マリウスが火にかけられたマスを眺めて言う。

作物の実りや流通に問題があると、飢えた者たちが街道近くに生えているものを根こそぎにするため、こうはいかない。魔王討伐の旅は、人の近づかぬ魔物の跋扈《ばっこ》する場所の方が豊かだったくらいだ。

陽《ひ》が落ち、周囲が暗くなってゆく。薪のはぜる音を聞きながら火を眺め、時々ヤマシギやマスを刺した串の角度を変え、枝を突っ込み薪の位置を変えて火加減を調整する。焼くのは基本、熱を持った炭の上じゃ。火で炙《あぶ》ると中が焼けるまでに外が黒焦げになる。

夜に鳴く鳥の囀《さえず》りや葉擦れの音が聞こえるが、静かな夜だ。一緒にいるマリウスも沈黙は苦ではないタイプで、騒がしい男ではない。

マスから脂が滲《にじ》み、炭に落ちてじゅっと音を立てる。

「ぴゃー」

「そろそろですかね？」

「マスはいいかの。ヤマシギは――おぬし、少し焼きすぎなぐらいの方が好きじゃろ」

この男はしっとりジューシーな肉より、少し焼きすぎな肉を好む。

店では格好をつけているのか、焼き具合にうるさく注文をつける。もちろん、焼きすぎなんぞ論外。多分、マリウスが多少焦げた肉を好むのを知っているのは、旅の仲間だけだ。

「ところでこのぴゃーは、いつ背中から取れるのじゃ。まさかこのまま食うつもりじゃないだろうな？」

食う時くらい離れるよな？

「そこが色々な意味で安全圏だと思っているようですね」

そう言ってマスの串を一つ手に取り、片手で撫《な》でるような仕草をしながら何事か呟《つぶや》く。

「こぼされるのも嫌じゃし、うっかり潰すのも嫌じゃぞ」

儂は潔癖とは程遠いが、流石に背中で飲食されるのは抵抗がある。

「ぴゃー」

「潰すことはないんじゃないですかね？　寄りかかったとして、木も岩も聖獣が触ろうと思わなければ透過しますし」

「ぴゃーの翻訳スキルが高すぎるぞ、貴様」

「一般的冷静な意見です」

「って、マスを後ろに差し出すんじゃない！」

「言祝ぎは終わっていますよ」

「そういう問題ではないわ！」

「ぴゃー」

静かな夜、どこ行った！

◇◆◇

マスもヤマシギも申し分なかったが、結局ぴゃーは背中に張り付いたまま夜が更《ふ》ける。

昼間は綺麗《きれい》な緑を見せていた新緑の森は、今は暗く黒々としている。川の方からはカエルの鳴き声、森の奥からは夜に鳴く鳥の声が時々聞こえてくる。

魚や水を飲みにくる小動物を狙うイタチや狸《たぬき》など、川のそばは何かと動物の気配がある。

「ほれ、寄りかかるぞ。どこぞへ退《の》くがいい」

「ぴゃー」

木に寄りかかろうとしたら鳴かれた。抗議か、このまま寄りかかっていいのか、ダメなのかどっちじゃ。

「諦めて横になったらいかがです？」

「何故《なぜ》儂が諦めねばならんのじゃ！」

野営では大抵、木に寄りかかり剣を抱えて眠る。それはマリウスも知っているはずだ。

無防備に横になるなど！

「安心なさい。聖霊は人と共にあらねば、魔物を呼び寄せ狙われますが、人と共にあれば魔物を除《よ》けるとされています」

にっこり笑ってマリウスが言う。

「ぴゃー」

「ぴゃーではない！　されています、って、なんじゃその曖昧さは？　安心できんわ！」

ぴゃー以外言えんのか。

「貴方《あなた》、女神に選ばれた魔王討伐の一員だというのに、相変わらず信心が浅いですねぇ」

呆《あき》れたように少し身を引いてみせるマリウス。

「信心深ければぴゃーの翻訳ができるのか、貴様」

「得意げか、不安げか、音の強弱で概《おおむ》ね分かりますよ。単に貴方が音痴なのでは？」

「ぐっ……」

それは否定できん。

「とにかく儂は木に寄りかかって寝る！」

ふんっ！　と鼻を鳴らして後ろに背中を傾ける。

「シンジュ様、諦めて正面にお回りなさいませ。その男も引き剝がすことはしないでしょう」

そう言って、儂に念押しするような視線を向けてくるマリウスに、しぶしぶうなずく。

「ぴゃー」

もぞもぞと前に回ってくるぴゃー。

「股間に張り付くな！」

「シンジュ様、ソレは噛《か》みつきませんから、もそっと上に」

マリウスのとりなしに、おそるおそる這《は》い上がってくる。

「何故こんなにびくついておるのに儂に張り付いておるんじゃ、こいつは」

「聖獣は大抵場所につくものですから。もう貴方を居場所と決めたのでしょう」

「儂は台座かなんかか？」

儂は馬や犬など、働く動物や、虎や鷹《たか》など、強い動物を好む。愛玩動物の良さはさっぱりわからん。——まあ、手触りは悪くない。

宵っ張りのマリウスは火の番をしながらまだ起きている。昔は四人で交代して見張り番をしたものじゃが、今は二人。それに危険な場所でもない、寄ってくる危険なものは猪《いのしし》くらいか？

儂やマリウスが気配を感じ、起きて対処する。それで十分間に合うモノしかいない場所。

「そういえば、おぬしは褒美《ほうび》に何を願ったんじゃ？」

魔王へと辿《たど》り着いた儂らは、女神直々に願いを聞かれた。

五十年、こいつの願いははぐらかされて、結局何を願ったのか知らずに来ている。こいつの願いだけでなく、イレーヌの願いも儂《わし》は知らぬ。

女性の秘密を暴《あば》くものではなくってよ、と微笑《ほほえ》まれた。女性であることすら怪しい魔女の願いなど、まったく見当もつかん。

マリウスの願いは、最初は王家の繁栄か何かかと思っておったのだが、どうやら違うことだけはうすうす感じている。

はぐらかされて、追及するほどの興味はなかったので、改めて聞くことが今までなかった。

「貴方はシャトを人の世に戻す、でしたか。女神は魔王の封が緩んだ後に、と答えられていましたが」

「そうじゃな」

あの時は、無慈悲な答えに腹を立てた。

儂だけが声に出して願った。願いの祈りというよりは、怒鳴り込む勢いで。そして音に出した女神の答えはマリウスの言う通り。

女神が『魔王の封が緩んだ後』というからには、再びの魔王復活までの長い時の後ということ。普通なら儂の生きている間には叶《かな》わぬこと。シャトの顔を知る者が誰一人いなくなった先の話。

そうでなければ、儂らの、シャトの行動は意味がなくなる。永《なが》の平和は喜ぶべきことなのに、素直に喜べなんだ。

「私の願いは『女神の啓示を受けないこと』ですよ」

マリウスがさらりと言う。

「は？」

どうせまた、はぐらかされるのだろうと思っておったのに答えが返ってきた。思わず木の幹に預けていた背中を離す。

「ぴゃー」

さっさと寝ていたぴゃーから抗議の声。ベッドは動くな？　知らんわ！

「おぬし、神殿の長《おさ》であろうが？」

「この旅に出る時に返上していますよ」

憎たらしいくらいに涼しい顔のマリウス。

「この五十年……」

「神殿は、女神の声を何も聞くことができない者を、長年責任者に据えていたことになりますねぇ」

なんともいえない笑顔を浮かべるマリウス。

「それでも私は概ね望み通りにすごしましたし、人の世は回っていましたよ。世界をひっくり返すつもりはなかったので、口にはしませんでしたが」

長らく魔王討伐の一員を輩出してきた我が国の神殿は、世界にある女神神殿の総本山。魔王の気配が遠のき、女神が近くなった今、普通にくらす者であっても啓示やお告げを受けることは珍しくない。

そんな世の中で、五十年——。

「驚きましたか?」

「ああ、流石《さすが》の儂もな。おぬしの方こそ、信心が浅いではないか」

「確かめたかっただけですよ」

淡く笑って肩をすくめるマリウス。

何とは聞かない。魔王が在るなら女神は必要、では魔王がなければ? ——果たして女神は必要なのか。

お互い口を開かず、静かな夜が更けてゆく。

面倒な道連れと、新たな出会い

「おはようございます」

「ぴゃー」

「……おはよう」

朝の光に目を開けると、木によりかかり本を読んでいたマリウスと目が合う。朝一起き抜けに見て嬉《うれ》しい顔ではない。

マリウスは人より睡眠時間が短く、儂の半分ほど。昔も今も一人、本を読んでいることが多い。

儂が身を起こすと、ぴゃーが前足をぐっと伸ばして伸びをし、脇腹を伝って背中に回る。そこが定位置か、定位置なのか。しがみついているのは大変な気がするんじゃが。

ぷすー。

ぷすー？　そして気のせいか、寝た気配。聖獣とは……。

「昨夜、月に暈《かさ》がかかっていましたよ」

本を閉じたマリウスが焚《た》き火《び》のそばに移動する。

月の周りを淡い光の輪が取り囲むと、翌日は雨が降ることが多い。

「昼までもてばよいな」

町はこの場所からそう遠くない、昼飯は町で食えるはずだ。

焚き火のそばの鍋から、湯ざましを水袋に注ぐ。火の状態と湯ざましの残っている量的に、すでにマリウスは準備済みじゃろう。この辺りの水はあまり良くない、体調の悪い時にそのまま飲むと腹を下す。儂の領地の水はそのまま飲めるんじゃがの。

その後、新しく汲《く》んできた水を沸かし、お茶を飲みながら朝食。荷物からハムとチーズを出し、炙《あぶ》って食う。

「シンジュ様は寝ておられるようですね」

やっぱりか！　チーズを片手に背中を覗《のぞ》き込んで言うマリウスに、心の中で叫ぶ。

「町に着いたらまず飯として、雨が降っていなければ馬を選ぶか」

「ロバの方がいいのではないですか？　次の町まではともかくその先は、馬の飼料まで抱えて行くのは難儀ですよ」

「さらにその先、魔物が出ることを考えれば馬じゃろ」

力説する儂。

ロバはその辺りのアザミや麦わらを食ってくれるが、馬はそうはいかない。じゃが、やはり魔物相手には馬の方が怯《おび》えが少なく、安心できる。

「貴方、馬の方が好きなだけでしょう」

「デカくて強くて可愛《かわい》いじゃろうが！」

「ええ、馬は可愛いですよ」

沈黙の間が落ちる。――何の話をしておったのか自分で少し分からなくなった。

馬派は儂とマリウス、ロバ派はシャトとイレーヌ。ただ、ロバの方が環境に強く、しかも安かったため、マリウスがギリギリと歯噛《はが》みをしながらロバを選ぶことも過去には多々あった。

なにせ馬には、自分の食費や宿代と同じほどかかる。しかも馬を連れていると金持ちと思われ、金のない旅人を受け入れる神殿に泊まることができない。まあ、今回神殿に世話になるつもりもないし、実際儂とマリウスは金持ちの類じゃが。

しょうもない言い合いをしながら、町に到着。王都の周辺で旅のあれこれを調達するより、こっちの方が随分安く揃《そろ》えられる。

「背中のコレは、町の人々に果たしてどのように映るのか」

思わず町に入る門を見上げ、呟《つぶや》く。

「大抵は見えないか、薄い光を背負っているように見えるでしょうね」

「背中で光られるくらいならいっそ、姿を見せておった方がマシなんじゃが……」

マントから肩のあたりに耳が見える程度の方がマシじゃ。それなら気づかぬ人もおるじゃろうし。

「シンジュ様が姿を見せようと思えば見せるでしょうし、見せたくないと思えば光りもしませんよ」

「面倒な聖獣じゃの」

寝とるし。

手続きをして町に入ると、広場だ。そして広場の真ん中に儂たちの銅像。

「こっちはこっちで羞恥プレイじゃの」

銅像は若い頃の姿なので、五十年経《た》った今、町を訪れても騒がれることはない。

魔王討伐当時の若い頃の容姿は、肖像画にされたり銅像にされたりと、あちこちで晒《さら》されておるので知られているが、歳《とし》をとった後の姿は王都以外でそう広がっておらん。

マリウスは神殿のトップだっただけあって、祭事やなんやらで引っ張り出されて今の顔も売れているが。

ん？　若い頃？

「見られてますねぇ」

「ちょ！　距離を取るな！」

すすす、と儂と距離を置こうとするマリウス。

「まずは貴方《あなた》の顔を隠す、フード付きのローブですかね。私は宿を先に取っておきますので、ごゆっくり」

そう言って一階が食堂の宿を向いて顎をしゃくってみせる。

広場に面した場所にある宿は、少し値は張るが大抵安全でそれなりに清潔だ。探せば安くて良い宿もあるだろうが、長期滞在するわけでもなし、時間がもったいない。

「く……っ」

宿に向かう、やたら機嫌良さそうなマリウスの後ろ姿を見て声を漏らす。

かと言って、儂《わし》が宿屋を取るからローブを買って来てくれとも頼めん。アイツに借りを作りたくない！

諦めて銅像のある広場から離れ……られない。市があるのは大抵広場、ここにも屋根代わりに布の張られた露店が見える。

大丈夫だ。銅像と瓜二《うりふた》つだからといって、話しかけてくる者もおるまい。五十年も昔の姿を今と重ねて、本人だと思う者はおらんじゃろ。色の印象というのも強い。

「あの方は剣士スイルーン様のお孫様かしら？」

「お孫様は王都にいるんじゃなかったか？　やんごとないかんじで」

「子にしては若いし、孫にしては歳がいってないか？」

聞こえてくる町の声。あー、あー、儂は関係ないぞ。無関係じゃ。

「騎士団長や辺境伯を継いだ方とは歳が合わねーぞ？」

「隠し子がいたのか？」

「なるほど、隠し子か」

変な結論に辿り着くな‼‼

ぷるぷるしながら丈夫そうなローブを買い、その他細々としたものを買い足した。聞かれたら周囲にも聞こえるようはっきり否定しようと、うろうろして話しかけられるのを待っておったのだが、遠巻きにこそこそざわざわと。

聞かれもしないのに否定するのも変かと思ったが、結局面と向かって聞いてくる者はなく、その前に儂の我慢が限界で。

「えーい、儂はスイルーンの隠し子などではない！　妙な勘繰りはよせ！」

振り向いて、後ろのこそこそしておった集団に小さくはない声で言うと、蜘蛛《くも》の子を散らすように離れていった。

露店が並ぶ一角を出ると、ぽつぽつと降ってきた。

「そういうわけでもう今日は宿から出ん」

宿屋でマリウス相手に宣言する。

マントを脱いでベッドに倒れ、掛け布団《ぶとん》をくしゃりと胸に抱いてゴロゴロと。

「相変わらず短気ですねぇ。まあ、私もこの降りでは外に出ようと思いませんが」

ぽつぽつ落ちてきた雨粒に、慌てて宿屋に飛び込めばすぐに大雨になった。

ただこの季節の雨は長引かぬので、足止めされることもないだろう。急ぐ旅でもないので、足止めされたところでどうということはないが。

「それにしても宿屋で受付をしているところに、噂《うわさ》を聞いて駆け込んで来た者がいましたよ。早いですね」

「勘弁してくれ……」

頭を抱える儂。

宿屋は情報屋でもある。金額は持ち込まれた情報の内容によるが、最初に持ち込んだ者に金が渡される。

「否定の情報もすぐに流れますよ、たぶんですが」

声を出さずに笑うマリウス。

「何で貴様は騒がれんのじゃ」

「催事の時は大抵派手な格好をさせられてますからね、そちらの印象が強いのでしょう。この顔、この格好で私だと気づく人は少ないと思いますよ」

マリウスの顔は当然ながら銅像とは違う歳月を重ねた顔、服は装飾の少ない長旅を想定したシンプルなもの。王都以外で、マリウスの今の顔を間近に見た者は少ないだろう。おのれ……っ！

◇◆◇

小さな事件はあったものの、予想通り雨も上がり翌日には馬に乗って出発。うむ、馬はいいな。

「魔物混じりの馬というのは、いささか複雑です」

魔物混じりは、そのまま魔物の血が混じったモノのことだ。動物がほとんどではあるが、ごく稀《まれ》に人間の魔物混じりもいる。

「文句を言うな、いいものはいいのじゃ」

魔王がいた頃はとても考えられなかったことだが、五十年も経つと魔物も様々利用される。

「魔王がいない今、いきなり狂うたり力を増すこともない」

魔王がいた時は馬に限らず、魔物の血が魔物混じりの姿を変え、人を襲い始めることもあった。仲良くどころか、とてもではないがそばにいることもできない。

「選《え》り好《ごの》みなく食べるし、丈夫だ。気性が多少荒いが、獣や魔物が出るような場所に行くならそれが逆に頼もしい」

旅の間、純粋な馬を養うのはなかなかな金と手間がかかる。それに馬は本来臆病な生き物なのだ。

その点、魔物混じりのこの馬は、その辺の草でも苔《こけ》でも何でも食うし、熊などに遭っても怯えて逃げ出すことはない。魔王討伐後しばらくして、爆発的に広がったが、神殿は立場があるのか未《いま》だ純粋な馬しか利用しない。

――建前上は、じゃな。さすがに式典などでは見ないが、王都から離れると割と神殿関係者も利用している。

便利なものは便利だ、使うなというお告げが出た話も聞こえてこない。

「そういえば、この先の峠に山賊が出るとか出ないとか、宿の客が言っていましたね」

マリウスが道の先を眺めて目を細める。

森の中、この辺りで小高い山に入る。出てきた町からも、行先の町からも遠い、昼なお鬱蒼《うっそう》とした場所だ。

峠を越えた先、谷になった場所は道が細く、馬車を使う旅人には難所。足の遅くなった旅人は襲いやすい。

「た、助けてくれ、転んで足を……！」

道に何か落ちている。ひょろりとした情けない顔の男だ。

「──石畳でも、足取りに危なげがないのは評価します」

不満げだが、マリウスが魔物混じりの馬を渋々認めたようだ。

「そもそもなぜ石なんぞ敷いたのかの？」

「さて？　道が途絶えぬようにですかね？」

石畳は馬の蹄《ひづめ》を傷めるし、滑る。土を固めた道の方が断然いいと思うのじゃが。いや、この辺りはいいが、場所によっては雨の日にひどい目にあうか。

石畳から外れた、街道の脇、昨日の雨の跡が残る地面を眺める。湿った草の間に、黒い水溜《みずたま》りがところどころ残っている。

ひどい場所は足首まで潜ったからの、と悪路を進んだかつての旅を思い出す。

「怪我《けが》をして──おい！」

男の前を通り過ぎる。

「わざわざこんな峠にまで石を敷いてるしな」

「本当、この坂の角度を危なげなく進むのはすごいと思いますよ。昨日の雨で濡《ぬ》れて、徒歩でさえ滑る」

男をスルーして、マリウスと二人言い合う。

魔物混じりの馬には蹄鉄《ていてつ》を打たない。鉄で保護するまでもなく、自前の蹄がとても硬いからだ。

「待て！　町まで一緒に……っ！」

後ろで男が喚《わめ》いている。

「シャトがいないと面倒がなくていいですね」

マリウスが笑いを含んで言う。

「だのう」

シャトがいたなら、疑念があってもとりあえず足を止めて、男の話を聞くところから、だったろう。

喚いていた男はおそらく、山賊の一味。ブーツが汚れ、ズボンに泥が跳ねていた。どちらの町から来たとしても、石畳の道。服に泥水がしみているならまだわかるが、転んだとしてもああはならない。

あれは街道を外れて山の中をしばらく歩いたのだろう。山の中に根城があるんだろうな。

「転んだより山賊に襲われ逃げてきた、のほうがまだ信憑性《しんぴょう》があります」

呆《あき》れたとばかりに小さく首を振るマリウス。

「山賊に演技力を求めるな。――襲ってくるならこの先の狭くなった場所じゃろうが、どうする？」

「面倒ですし、駆け抜けますか？」

おそらく、それをさせないことが先ほどの男の役割だろう。旅人の中にまじり、本隊が襲ってきたところで、後ろからグサリとか。

「コイツなら余裕じゃろうの」

馬の首を撫《な》でてやる。

「貴方、強い動物好きですね」

「可愛《かわい》いじゃろ」

「ぴゃー」

見ていて安心できる。それこそたとえ、こっちに襲いかかってくる存在だとしても。

「お前じゃない」

「シンジュ様はお可愛らしいですよ」

◇◆◇

予想通り、谷に賊が出た。

「思ったより頭がいいようですね」

マリウスが言う通りただ出てきただけでなく、左右の崖からロープが何本か渡され、進路を塞ぐ工夫がされている。

これは予想外。徒歩ならなんということもないが、馬で駆け抜けるのは難しい。

ロープの周辺には十数人ほどの人相の悪い男たち。山暮らしも長くなれば見た目も荒《すさ》む。

「おう！　馬と荷物を置いてゆけ！」

儂たちの中に仲間がいないことに少し驚いたのか、一拍の間があってからおさだまりのセリフを吐いてくる。

「ちといってくる」

「いってらしゃい」

馬から降りて、賊どもの方へ。

「馬と荷物を置いていけと？」

「おうよ、そうすりゃ無事帰してやる」

ニヤニヤ笑いながら代表らしい男が言う。

「嘘《うそ》じゃろ？」

「ひひっ」

答えの代わりに男が剣を抜き、それを見た他の賊どもも武器を構える。

斧《おの》、槍《やり》、あまり手入れはよろしくないが、無骨で力任せに殴るのには向くじゃろという得物だ。

「私たちが無事に町に着けば、ここに兵が来ますからね」

後ろでマリウスがポツリと言う。

「山暮らしもそこそこ長いようだしの。——お前ら何人殺した？」

声を低くして尋ねる。

「数えてられるか！」

数を頼みにかかってくる賊ども。

「相手をするのも面倒と思っておったが、斬り捨てた方が早い」

左の手のひらから剣を引き抜く。

「『武器持ち』!?」

「頭ァ、ど、どうしやすか⁉」

儂《わし》の水焔《すいえん》を見て動じる山賊たち。

「ええい！『武器持ち』ったって一人と後は爺《じじ》いだ！　囲んで押しつぶしちまえ！　金は持ってそうだぞ！」

「おぉう！」

「金だ！」

「こいつらをひん剝《む》いた金で、今日は酒だ！」

「殺して谷底へ放り込め！」

金の一言で簡単に欲に目が眩《くら》むあたり、どうしようもない。この者ら、人の命も後先も考えておらんのだろうが、自分の生命も安いらしい。

この者らの山暮らしが長いということは、それだけ旅人を襲った数も多いということ。遠慮はいらん。

「数だけは多いが、それだけだな」

最初に突っ込んできた相手を、踏み込んで躱《かわ》しながら胴をなで斬り、そのままの勢いで次を斬る。

これだけの人数、膝の上を斬るなり、手首や首の柔らかな場所を斬るなり、最小限で敵の動きを封じ、剣と腕に負担をかけんのがセオリーだが、俺と俺の剣にそれは不要なことだ。

軽くなでただけで、男の着ていた革鎧《かわよろい》ごとその身も斬れる。斬れ味も刃《やいば》の粘りも剛《つよ》さも何もかも俺好み。振るう度、手に馴染《なじ》んでいった俺の剣。

躱す動作をそのまま攻撃に転化して、次々屠《ほふ》る。歳《とし》を重ねて動きが遅くなった体を技で補っていたが、今は全盛期。動きも気分も過去に戻る。

「相手が悪かったですね。その人、短気でけっこう凶暴なんですよ」

マリウスののほほんとした声が響く。

ただの山賊では十人いようが二十人いようが相手にならん。

「誰が凶暴じゃ！」

最後の男を倒し、マリウスに文句を言う。

「ぴゃー」

「シンジュ様が目を回してらっしゃいますよ。怪我をされたらどうするのですか」

情けない声を聞いて、マリウスが文句を言ってくる。

口元が笑っておるので、内容に関係なく儂に文句が言いたいだけじゃろう。

「敵に背を見せたことなぞないわ。嫌なら離れればいいじゃろ」

ぴゃーが、どういう理屈で背中にくっついているのかさっぱりわからん。

なんで背中がいいのかわからんし、どうやって四六時中くっついたままでいられるのかも謎だ。しがみついているようでもあり、魔法で浮いているようでもあり。

――聖獣は不条理だ。

道に張られたロープを切る。馬の元に戻りながら、剣を振るって汚れを落とし、左手に納める。馬はこの騒ぎに暴れるでもなく、大人しく元の場所にいる。

「さて、行くか」

手綱をとって、隣のマリウスに声をかける。

「町に着いたら、一応門番に知らせましょう」

「面倒じゃがな」

峠にいた最初の男は、この現状を見たらどうするか。逃げるか、今までの蓄えを持ち出すために一旦戻るか。

あの貧相さでは、山で一人で生活できる能力はないじゃろ。町に知らせておけば、遅かれ早かれ捕まる。

「貴方《あなた》の服、背中にシンジュ様用のポケットでも作りましょうか」

「やめんか」

「ぴゃー」

「シンジュ様も同意なさっておられる」

「おらんわ」

アホな会話を交わしつつ、谷をぬけて下草が豊かな場所を選び馬のための休憩。木に繋《つな》ぎ、馬体を拭く。拭いている最中ももぐもぐと草を食う馬たち。

普通の馬たちは汗をかくと、体が冷え体調を崩しがちなため、手入れは必須だが、魔物混じりの馬は丈夫だ。それでもブラッシングしたり手入れをするのは半分習慣、半分馬への感謝。

儂らも干した杏《あんず》を食べ、足を伸ばす。

「シンジュ様もいかがですか？」

杏を一つ摘まんで、儂の背後に手を伸ばすマリウス。

「儂の背中で餌付けするなと言うに」

「貴方の背中以外のどこでするんですか」

涼しい顔で返される。おのれ。

「あら、ずいぶん愉快だこと」

声と共に空中から現れ、ふわりと草を踏む黒髪の女性。

「イレーヌ、よくいらっしゃいましたね」

微笑《ほほえ》みを浮かべて昔馴染《むかしなじ》みを迎え入れるマリウス。

面倒なのが増えた！

「聖獣？　しばらく見ない間に、ずいぶん愉快じゃない」

黒いドレスの裾がふわりと広がり、イレーヌの足が地に着く。

真っ黒な髪、真っ黒なドレス、真っ黒な靴。こちらに差し伸べた手、露出している顔とほっそりとした首が薄く輝くように白い。

妖艶《ようえん》と言い切るには幼さの残る、イレーヌが好んでとる女の姿だ。

「……細いわね？」

ローブをめくって、儂の背中を覗《のぞ》き込むイレーヌ。

細いのか。

「シンジュ様は人見知りをなさる。あまりジロジロ見るのはご遠慮ください」

マリウスがイレーヌに微笑みながら、そっと儂のローブをイレーヌの手から奪い下ろす。

「あら、聖獣が見えるように在るってことは、見てもいいということだわ」

下ろされたローブをまためくるイレーヌ。

「これから見えなくなるかもしれませんよ？　距離の詰め方をお考えください」

マリウスがローブの裾を奪い、下ろし整える。

「シンジュとは言い得て妙ね。色から名付けたのでしょう？」

そしてまためくるイレーヌ。

「お前ら、儂のローブをばさばさやるでない！」

さっきからぴゃーに杏をやったり、姿を見るためにめくられているのは、儂のローブだ。

「ぴゃー」

背中からかそけき声。

「嫌がっております」

ローブをぐいっと引っ張るマリウス。

「まだ観察が終わっていないわ」

離さないイレーヌ。

「貴様ら！　こんなことに身体強化を使うでない！」

着ている儂を無視して、引っ張り合う二人。

魔女イレーヌ、元神官長マリウス。系統は違うが強力な魔法の使い手二人。結果、ローブが破れた。

「適当に買うからです。貸しなさい、繕いついでに付与を施しましょう」

「かつての魔王討伐メンバーが着るには安っぽいローブね。せめて強化してあげましょうか？」

「素直に謝らんか！」

口々に言いながら、手を伸ばしてくる二人に怒る。

仕方がないのでローブを脱ぎ、元のマントをはおる。ぴゃーの耳が見えるらしいが仕方あるまい。

休憩はおしまいにし、再び馬上へ。

「それにしても本当に若返ったわね。昔のままだわ」

イレーヌは箒《ほうき》に横座りして、儂の隣に浮いてついてくる。

「箒に乗るのが上手《うま》くなったではないか」

「五十年も経《た》てば、さすがに慣れるわ」

「大人しく盥《たらい》を使えば良いものを、箒に乗ってよくバランスを崩していましたね」

イレーヌは魔王討伐の途中、盥から箒に乗り換えた。

「最先端なの」と言っていたが、おそらく戦いのために速さを優先させた結果だ。魔法はよくわからんがの。

「盥に戻したらどうじゃ？　もう大した戦いはあるまい」

「気に入ってるからいいのよ」

　肩をすくめて答えるイレーヌ。

「イオも練習をしているようですが――盥は乗りこなすのが難しい代わり、一度覚えてしまえば乗り心地はいいそうですね」

　言いながら、マリウスが馬上から香草の種を蒔《ま》く。

　今はよく見る野草で、儂《わし》らのような旅人が摘んでスープに放り込むくらいだが、天候が落ち着かず、魔物の襲来が続いた時代は、森や草原から姿を消した。作物の収穫がままならず、食べられるものはなんでも食べたからだ。

　魔王が消え、人々の生活が落ち着き始めた頃、神殿が旅人に種を蒔くよう奨励した。しばらくは世話のいらないような、丈夫なワイルドベリーや香草、木の実を選び、神殿で配っておった。

　まあ、おそらくコイツの発案なんじゃろな。チラリと横の男を見て思う。

「なぜ若返ったか聞いてもいいのかしら？」

「女神への望み。まあ、若返ったのは副産物じゃが。今度はのんびり過去を辿《たど》って、旨《うま》い

ものを食って、行くのを諦めた場所に行き、明るい風景を見て歩くつもりじゃ。五十年でだいぶ変わったじゃろう」

「あら、素直に答えが返るとは思わなかったわ。それに別な願いも叶《かな》えられたのね」

きょとんとした意外そうな顔のイレーヌ。

「まあ、あの願いは、女神が叶えられる類のものではなかったわね」

すぐに肩をすめ、元の顔に戻る。

あの状況のシャトが簡単に救い出せるようであれば、そもそも儂らが旅立つ必要もなく、女神と魔王同士で話が済んでしまう。

「五十年間、お互い望みを明かすことはなかったですからね」

「ふふ、私はまだ内緒」

口元に内緒話の合図のように指を当て、笑うイレーヌ。

「では私も内緒と行きましょう」

微笑むマリウス。

口元だけ笑いの形にしたまま、互いに目を逸《そ》らさない二人。笑い合う二人だが、微笑ましい雰囲気では全くない。

「お前ら、鬱陶しいからやめろ」

この二人は昔からそっと張り合う。

儂は無関係なはずなのに、気づくとやんわり巻き込まれている。

「何のことです？」

「普通の会話をしていて鬱陶しいと言われるのは心外だわ」

マリウスの願いはつい最近聞いたのう、と思いつつ、二人の答えに少しげんなりして黙る。

「そういえば、そろそろイオに自分の杖《つえ》を探させないと」

「杖を？　ずいぶん早いな」

「あら、イオの能力からしたら遅いくらいよ。印の杖があった方が能力の制御も楽だもの」

儂の左手に納めた剣のように、自分に合った武器を探すことは、強くありたい者の憧れ。

特に一定以上の魔力持ちは、体内で杖を養っていた方が魔力も精神も安定するため、自分に合うものを探し出すのは必須に近い。

まあ、職人が作った杖で間に合わせる輩《やから》が大半だが。

「イオも旅立ちますか……」

感慨深げに言うマリウス。

「そういえば貴方《あなた》が旅立ったせいで、副神官長がだいぶやつれてたわよ？」

「彼なら立派な神官長になりますよ、神は試練を乗り越えた者がお好きですから」

イレーヌが目を細めてマリウスを見るが、当の本人は笑顔でどこ吹く風。

「好かれる相手は選びたいところだな」

「ぴゃー」

ぴゃーに同意されても困る。

箒の柄には白い手を軽く添えているだけ。けれど、かがもうと伸びをしようと体の中心はぴったり箒の上。

魔法使いというのもなかなか体幹がいいらしい。そう思いながらイレーヌを見る。

「そのうちイオも箒に乗るようになるのか？」

「どうかしら？　これはけっこう難しいのよ？」

紅を塗ったかのような赤い口でくすくす笑う魔女。

最初に出会った姿がこれならば、蠱惑《こわく》的にも見えたかもしれんが、生憎《あいにく》なあ。出会った時は屈強な男だったし、旅の間少女の姿でいたこともある。姿が変わりすぎて、どうにも落ち着かぬ。

イレーヌがすっと手を振ったかと思うと、手の中に赤色の実が現れ、それを儂とマリウスに投げてよこす。

「それより拡張でも縮地でも、荷物をどうにかする魔法を覚えないと、辺境の旅は厳しいわ」

そう言って、実をかじる。

拡張は鞄《かばん》に入る荷物の量を増やす、入れ物の見た目よりも容量を増やす魔法。縮地はどこか別な場所に手を伸ばし、置いてある荷物を取ることができる魔法。

……と、昔イレーヌから聞いた。

後者のほうが高度で、手を伸ばす先には事前に細工がいるらしいが、イレーヌは難なくやってみせる。

手の中の赤い色はラムという果物だ。皮は熟す前は青みを帯びた緑、青が消え、真っ赤に染まった今が食べごろ。名前も姿もプラムの親戚みたいな果物だ。

「イオはまだ若いですからね」

そう言ってラムを口にするマリウス。

若いイオをイレーヌと比べるのは酷だ。どちらの魔法も、実用に足る使い手は他に聞かぬ。

このラムの実も縮地とやらで取ってみせた物。旅する魔女は身軽で、荷物らしい荷物はない。昔の旅もその魔法でずいぶん助けられた。なにせ魔王に近づくほど、食えるものが無くなったからの。

手の中の赤い実はかじると甘く、後から少しの酸味。口の中がさっぱりして、ただ甘いだけの実よりも儂の好み。

「シャトはこのラムによく顔をしかめていましたね」

懐《なつ》かしそうにマリウスが言う。

「我慢せずに桃の実でも食べればいいのに、同じものを食べたがったわね」

イレーヌが言う。

並んで進むと討伐の旅を思い出し、口にするのはここにいない仲間のこと。かつての旅とは違い、陽射《ひざ》しは明るく、森の緑は鮮やか。

小鳥の声が——

「マリウス様～……」

マリウス？

「なんじゃ？」

「相変わらず耳がいいですね、私には聞こえませんよ」

「嘘《うそ》をつくな、絶対聞こえておるじゃろ！」

どんどん近づいてくる馬の蹄《ひづめ》の音と、叫び声。

「マリウス様～、ウィル先輩とエルムがお側《そば》にあがりました～。お供させてください～」

元気のいい声があたりに響く。

「獣でも鳴いていますかね？」

しれっと言うマリウス。

「どう考えてもおぬしの関係者じゃろうが！　儂は供なんぞいらんぞ⁉」

「私もいりませんよ」

「叫んどる小僧――いや、女か？　そっちは知らんが、神殿騎士のウィルといえばおぬしに普段くっついとる護衛騎士だろうが！」

故意に後ろを見ないようにしながら探れば、白い鎧《よろい》の煌《きら》めきが目の端に入る。

マリウスと会う時、儂も何度か見たことがあるし、挨拶を受けたこともある。礼儀正しく、涼やかな騎士じゃが、職務に忠実というか、融通がきかんというか、マリウス第一。

はっきり言って面倒臭い。

「……彼が王都に居ない間に出て来たんですがねぇ」

「撒《ま》くのに失敗しとるじゃろうが！」

「どっちも騒がしいわねぇ」

髪をかき上げながらイレーヌが呆《あき》れた声を出す。

こいつのことだから、儂が若返ったと耳にした時点で、旅に出ることを察して、何か任務を与えてさっさとウィルを王都の外に遠ざけたのだろう。その間に急いで、副神官長に色々押し付ける算段と、神殿側の足止めのあれやこれやを仕込み、出て来た感じか。

儂は元々気ままにやっとったし、事務仕事や貴族間のあれこれはなるべく避けとったんで、歳《とし》をとった今は身軽じゃが、マリウスは現役だ。そりゃ、追っ手もかかるわな。いや、迎えか。

それにしても旅に出たとたん、マリウスはついてくるし、アリナは大歓迎じゃが、イオも来るし、ぴゃーはひっついたし、山賊は出てくるわ、イレーヌは出てくるわ、ひどくないか？

儂の一人旅……っ！

駆けて来た馬が二頭、儂らの後ろで速度を落とし、並足になる。

「マリウス様、お一人で出歩かないでいただきたい」

にこやかに笑う青年がマリウスの隣に馬をつける。

「私はもう神官長の座にはありませんので。貴方の護衛を受ける立場ではありませんよ」

にこやかに笑う馬上のジジイ。

二人の間に火花が見える。

「わぁ、箒《ほうき》に乗ってる。もしかして魔女イレーヌ様ですか？」

そして緊張の走る二人を無視して、弾んだ声。

「そう呼ばれているわね」

「僕は神殿騎士見習いのエルム、ウィル先輩の従者をしております！　お目にかかれて光栄です！」

きらきらした目でイレーヌを見ているのは、白い胸当てをつけた少女。

僕と言っているが、女性の騎士見習いだ。

「こちらは……」

儂《わし》の方を見るエルム。

「町で噂《うわさ》のスイルーン様の隠し子ですね！」

馬上で、ぽんと手を打って声高く言う。

「誰がだ！」

おのれ……っ！

「現在も過去も、私の従者という事実はございませんが」

にこやかに否定するウィル。

「未来です！」

笑顔全開で元気のいいエルム。

「前向きじゃの……」

思わずマリウスを見る。

「神官長の地位を下りた私に、護衛騎士がいるという事実もございません」

目が合ったマリウスが、にっこり笑ってこちらもバッサリ。

いや、儂に向かって言われてもな……。ため息をつきたくなりながら、神殿の騎士たちを見る。

方や淡い水色の髪をした涼しげな容姿の神殿騎士、方や輝くような金髪に赤い目の少女の見習い騎士。

ウィルは文句なく美形じゃ。王の近衛兵《このえへい》や神殿の護衛騎士は剣の腕はもちろんのこと、見た目でも選ばれる。催しでは主役である王や神官長に混じって、衆人の視線を受けることになるからの。

もちろん筋骨逞《たくま》しい騎士もおるし、催しや交渉相手によっては、そういった騎士たちが選ばれる。

エルムの方は――なんというか、エルムも造作は整っておるんじゃが、美人という印象を受ける前に、元気な弾むような動きと、くるくるかわる表情が飛び込んでくる。

「仕えるのは生涯一人と決めておりますので」

「神殿の護衛騎士は神に仕えているのですよ。あるいは、神殿に、あるいは神官長という地位に」

そしてまた笑顔で睨《にら》み合う二人。背後に暗雲が見える。

マリウスの馬の耳が忙《せわ》しなく動く。もしかして怯《おび》えとるんじゃないか？　魔物混じりだというのに。しかし、ウィルの乗った馬はどこ吹く風じゃな……。もしかして、これに慣れておるのか？

「なかなか愉快そうな間柄ね」

イレーヌが艶《あで》やかに笑う。

不破《ふわ》の種をばら撒《ま》いたり、人の縁を結んだり、魔女がそれを行うのは、人の感情の揺れを楽しむためだと言う。イレーヌもその魔女の困った性質から漏れない。

珍しくマリウスが観察されとるようじゃな。もう放っておこうと視線を動かすと、同じく放置を決め込んだらしいエルムと目が合う。

「そういえば隠し子さんの名前はなんていうの？」

とことこと馬を寄せて、聞いてくる。

「隠し子ではないというに。スイルーンじゃ！」

まだ言うか！

「ほうほう、お父さんの名前を堂々と！　隠してない隠し子なのね？」

なるほどなるほど、一人合点しながら儂を見てくる。

「違うわ！」

思い込みの激しい娘じゃな！

「で？　スイルーンジュニアも剣を使うの？」

「誰がジュニアか！　若返った本人じゃ！」

どうしても儂を隠し子にしたいらしいが、さすがにこうはっきり言えば理解するじゃろう。

「またまた～。剣聖スイルーン様は、それはそれはお強くって、勇猛果敢！　ちょっと短気なところはジュニアも似てるけど、よわっちい気配は似ても似つかない！　僕、わかっちゃうんだから！」

びしっと指を突きつけられる。

「な……っ！」

言うに事欠いて、この儂が弱い？

「――エルムの擁護ではないが、虚勢を張らず己が弱いことを認めることも精進の一歩ですよ」

マリウスと睨み合うことに飽きたのか、ウィルまでもが儂が弱い前提の言葉を投げてくる。

「そうそう。お父さんに追い付きたかったら、格好からじゃなくって心構えからいかなきゃ！　ハート大事だよ、ハート！」

エルムが胸当てで押さえられた自分の胸を叩《たた》いて、少し間抜けな音をさせる。

あまりのことに言葉が出ず、思わず周りを見回す。

ぽかんとしているマリウスとイレーヌ。二人がこんな表情をすることが珍しく、儂も同じようにこんな間抜けな顔をしているのかと頭の隅で考える。

「……ああ。シンジュ様の気配でしょうかね？」

ぼそりとマリウスがつぶやく。

「なるほど、ぴゃーか。ぴゃーのヤツか！」

確かになんか背中でほっそりしてる気配がある。

おそらく後から来たウィルとエルムの二人には姿を見せていない。イレーヌとマリウスから見て――というか、儂から見て消えているのかどうかは背中なんでわからん。

見えていたら少なくとも耳あたりまでは、マントから飛び出て見えると思うのだが。

「待て。ということは、びくびくしとるこのぴゃーの気配の方が儂より強いのか⁉」

人の多さにか、続け様に登場した新顔にか、ぴゃーがびくついて怖がっている気配はよくわかる。

よくわかるが、そんなに？

「そういうことに……いえ、シンジュ様は勇猛果敢でらっしゃいますよ？」

「ぴゃー」

そこで答えるのか、ぴゃー。

「貴様、ぴゃーがその気になったらどうするんじゃ。変に持ち上げるな、うっかり魔物の前にでも出て来たら危ないじゃろが」

いや、その場合はぴゃーが背中から剝がれるんだからいいのか？

「シンジュ様？　ぴゃー？」

ウィルの眉間に少し力が入ったのか、縦皺《たてじわ》が薄く。

「あ！　なんか、びくびく探るような気配が薄くなった！」

ちょっと驚いたようなエルム。

こやつら、やはりぴゃーが見えてもおらんし、声も聞こえんようじゃ。姿を見せる、声を聞かせるぴゃーの基準はなんじゃ？　怯えておるのならば、イレーヌからも姿を隠しそうなもんじゃが。

「さすがマリウス様！　迷える青年の魂もすぐ救う！」

尊敬の眼差《まなざ》しをマリウスに向けるエルム。

違う！　しかもすぐ救うってなんじゃ！

「もしや、聖霊の守護を受けてらっしゃる？」

ウィルが聞いてくる。

「……」

黙る儂。

正しくは聖獣じゃが、姿を隠すことに長《た》けているし、大した違いはあるまい。が、守護というのは語弊がある気がするぞ？

「鎧《よろい》、指輪、剣。聖霊に祝福を与えられた装備は、装備者と一体なり、分かつこと能《あた》わず、ですか……」

思考に沈んだらしいウィル。

その言い方は儂がぴゃーを装備してるようで微妙なんじゃが。面倒なんで言わん。人の話を聞かんのなら最初から話さなくてもいいだろう。儂はそう親切ではない。

「なるほど、アナタの記憶がある私はその印象のまましたけれど、確かにこれはアナタの気配ねぇ。道理で探せない……」

面白いモノを見た、みたいに目を細めて笑うイレーヌ。

イレーヌも儂を見つけられんか。神殿に寄ったようだし、今回目印にしたのはマリウスか。

「シンジュ様はお強いですが、繊細ですから。付き合いの浅い人間は、あまりそばに寄らぬように」

そう言ってマリウスがイレーヌと儂の間に馬を入れてくる。

いや、おぬしも会って間もないじゃろ。儂もじゃが。

「お前もあまり揺れるような走りは控えてください」

そう言って儂の魔馬に触れる。

儂ではなく、魔馬に。

「鬱陶しいぞ。何が揺らすなじゃ、馬は揺れるもんじゃ。よし、儂は先に行って山賊どものことを町に知らせてくる」

魔馬の腹を軽く蹴って、走り出す。

まだゆっくり。

「あ！　隠し子様！」

エルムが名を呼ぶ声を背に、山道を駆け降りる。

「誰が隠し子じゃ、鬱陶しい！　儂は一人で行く！」

さらにスピードを上げる。エルムの隠し子呼びに怒って、足を速めたように見えるように。――ちっとわざとらしかったかの？

イレーヌやマリウスが何事か言う声が聞こえたが、振り返らずに進む。くねる道を過ぎたあたりで、本気で魔馬を走らせる。

マリウスがわざわざ魔馬に触れたのは、強化をかけるため。そう思ったが、どうやら当たりのようじゃ。風景が飛んで見えるほど魔馬の脚が速い。

強化に関しては、イレーヌもマリウスには敵《かな》わない。いくら馬が良くとも誰も追いつけぬ。

ウィルとエルムの二人は個人の意思を装《よそお》っておったが、神殿の――いや、エルムが国でウィルが神殿か――の、命で動いているようじゃの。

貴族同士の交流は好かんが、戦略上主要な貴族の顔は覚えておる。エルムはブラッドハート公の使う者の一人によく似ておる。おそらくその者の血族だろう。

年老いたとはいえ、国はみすみす勇者の関係者を、ただで外に出すことはないということとか。面倒臭い。

マリウスの行動は、その面倒な二人を呼び込んだ責任をとったのが半分、後の半分はなんじゃ？　わざわざ間に割って入ったことを考えると、どうやらイレーヌが原因のようだが。まあ、マリウスが何か引っかかって、間接的に儂《わし》に先にいかせたいと思ったなら、従っておいた方がいいじゃろ。

強化のかけられた魔馬は、それこそ風のように走る。次の町の門を横目に通り過ぎ、さらにその先へ。

「ぴゃー」

「諦めよ、馬は揺れるもんじゃ！」

背中でぴゃーが鳴いとるが気にしない。

途中街道を外れ、先ほどより険しい山の中に入る。蹄《ひづめ》の跡を消し、魔馬を乗り入れた痕跡を消す。ここは三年ほど前、魔物が現れ、木々を薙《な》ぎ倒して降りてきた場所だ。

魔王がいなくなった後、町のそばに出た魔物としては最大級。山中での目撃後、王都の騎士とマリウスが駆けつけ、町に被害が出る前に倒した。

そう聞いて、現場を見に来たことがあるのが幸いした。草が育ち、周りの木々がここぞとばかりに枝を伸ばした今、ぱっと見はわからんが、一直線に太い木々のない場所が続いている。

杣道《そまみち》よりさらに足元が悪い上、近くの木々の枝が馬体に当たるが、魔馬は気にもせん。

「頼むぞ、後で干し葡萄《ぶどう》をやる」

「ぴゃー」

「お前にではない」

山深い場所に入ると、小さな魔物どもが出るようになる。魔王不在の今、強大な魔物に育つことはまずない。

魔馬の大きさゆえか、近づいてくるモノは少ないため、木の上から襲ってくるモノを馬上から斬り捨てるだけで済んでいる。地に出たモノは魔馬が踏み潰す。

「マリウスがかけた強化が切れる前に、抜けたいところじゃな」

一度魔馬に水を飲ませるため休み、山の中を進み、とりあえずの目的地に着く。件《くだん》の魔物に破壊された村の跡だ。この村を最初に襲い、山を越えて町に向かったことが調査でわかっている。

「ご苦労じゃったの」

約束通り魔馬に干し葡萄をやり、汗を拭いてやる。

「ぴゃー」

「しょうがないの」

肩越しにぴゃーにも干し葡萄をやる。

……呪言だかなんだかはいらんのかの？　普通に食っておるが。

本当にコイツは聖獣なんじゃろか。背中でふこふこ口を動かしている気配を感じながら村の中を見回す。

魔馬は荒れ放題の村に生えた若草をうまそうに食《は》んでいる。儂も食事の準備じゃ。

放置された井戸はだいぶ砂が溜《た》まっとるようだが、儂が使う分ぐらいの水は問題ない。

が、桶《おけ》の底が割れて汲《く》み上げることができない。

台所の跡から鍋を三つ見つけて、一つに綱を結び井戸に落として水を汲む。大きな鍋に

水を落とし、顔や手を洗う。

「ここに水があるぞ」

魔馬に声をかけて、最後の鍋に入れた水を崩れ方がマシな家屋に運び込む。

荒れた畑に半分野生化した野菜をいくつか草の中から見つけ、収穫。無事な竈《かまど》に、抜け

た床板を放り込み、火を熾《おこ》す。手入れがされておらん野菜は、葉物はごわごわと硬いし、

根菜類は小さく痩せているが、切って炒《いた》めるなり煮るなりしてしまえば気にならん。

塩漬け肉を刻んで鍋に放り込み、少し炒めて水を注ぐ。沸騰したら野菜を入れてしばし

待つ間、保存用の固く焼きしめられたパンを水に通し、竈の火をあげていない炭のそばに突っ込んで温める。

パンにニンニクの粉をかけ、その上でチーズを溶かせば食事の用意の完了だ。

「ぴゃー」

「……こぼすでないぞ？」

無理なことだろうなと思いつつ、一応声をかけチーズを載せたパンを割り、背後に差し出す。

もしかしてコイツ、食い意地が張っているのではないか？　聖獣に捧《ささ》げられるものは果物や上質の肉をよく聞くが、こいつは雑食《ざっしょく》じゃの。

うむ、パンにオリーブオイルが欲しいところじゃが、パンもスープも十分旨《うま》い。

さて、この村に近い町はどこじゃったかの？　予定していたルートとは違うが、せいぜい旨い物を食いながら進むとしよう。

朝日と共に起き——ぴゃーが腹で寝とるのじゃが、このまま置いていっていいだろうか。

おそらく、マリウスが回収すると思うんじゃが。

そう考えると、ぴゃーがはっとした顔をして起き、鳴きながら背中にまわる。

「ぴゃー」

「お前、マリウスについていたほうが大事にされるんじゃないか？」

抗議してくるぴゃーに聞く。

自慢ではないが愛玩動物を可愛《かわい》いと思ったことはないし、世話をしたこともない。世間一般では可愛いという部類なんだろう、と思うだけだ。

「仕方ないな」

背中にいっそう張り付くぴゃーにため息ひとつ。

どう扱えばいいんじゃこれ。昨日までは、マリウスが構いすぎぬ程度だが時々ぴゃーに話しかけとったからの。

まあ、とりあえず餌だけやっておけばいいか。

井戸で水を汲み、朝飯の用意。昨夜の野菜スープの残り、昨夜と同じメニュー。

「ほれ」

チーズを載せたパンを背中に差し出す。もう片手で自分の分のパンを炙《あぶ》る。

「ほれ」

干しリンゴ。

これは儂が支えておらんでも大丈夫じゃろ。干しリンゴを渡した後は自分の食事をし、出発。

「よろしく頼む」

魔馬にも干しリンゴをやって、首を軽く叩《たた》き機嫌をとる。

棄《す》てられた村から町に続く道は草が生い茂り、小さな木がひょろながい枝を伸ばし育ち始めている。だが昨日越えてきた山道よりはよほどよい、魔馬は草をかき分け楽々と進む。

「おう、二皿くれ」

人の通る道に出、魔馬の足で一日。

パルンの村で食事を頼む。町と村の違いは集落を囲む壁があるかないか、領主が住んでいるかいないかだ。パルンの村は大きいが、壁もなく、代官がいるだけだ。

破壊された町から逃げ、集まった者たちが魔王討伐後に作った新しい村だ。一応、伯爵の領地だが、伯爵の住む町よりパルンの村の方が活気があるらしい。面倒な領主が近くにいるよりも自由にできるのかも知れん。

飯屋に入って今日は何ができるか聞くと、平たい麺にキノコと牛肉のそぼろのソースを絡《から》めたものだと言う。

「おい、ぴゃー。さすがにここで背中に飯を差し出しとったら、不審者じゃぞ？　食いたいなら前に回れ」

「ぴゃー」

小声でそう告げると、もぞもぞと前に回って膝の上。伸び上がって前足を机にかける。おそらく今は儂にしかぴゃーの姿は見えないし、声は聞こえない。たぶん。他の客の視線は特に感じない。

村に入る前に髪型も変えたしの。後ろに結んで長く伸ばしていた髪を三つ編みにして、前に持って来ただけじゃが。出回っている絵姿は黒髪じゃし、儂の銅像は大抵後ろの髪が弧を描くように躍っとるようなのが多い。

これだけでもだいぶ印象が変わるようで、特にひそひそざわざわされることもなく、混み合う店内で料理を待つ。

どこそこの町で小麦が豊作だとか、流行《はや》りの小物、道は魔物が出て通れない、あそこの領主は税を上げた、様々な噂《うわさ》が耳に入ってくる。

ここまで噂が流れておるということは、すでに討伐の兵が出ているかもしれんが、魔物の出る道に進むかの。予定はあってないようなものだ。

「お待ちどう！」

料金と引き換えに料理を受け取る。

少し黄色い平たい麺にぼろぼろとした茶色いソースが絡み、その上の真ん中に唐辛子が一本載っている。ソースはよく見ると、肉のそぼろとキノコの他、飴色《あめいろ》の玉ねぎ、そして少し黒くなっているが唐辛子の輪切りがたっぷり。

「ぴゃー、おぬし辛《から》いの平気か？」

どう考えても辛い料理じゃろこれ。

わからない風だったので、とりあえず一口与える。机の下に引っ込み、膝で平たくなったぴゃー。どう見てもだめだな。

「すまんが辛くないのもあるか？」

近くを通りかかった配膳役の店員に聞く。

「今日出せる辛くないのは、スネ肉の煮込みだね」

「それもくれ」

忙しそうに働き、立ち止まらないまま答える店員に追加注文。

村で食事を出す場所はここと宿屋くらいで、昼からやっているのはこの店だけだ。儂《わし》のような旅人や、家で食事を作らない村人が集まっているため店は混雑している。

店員の返事を確認し、目の前の皿に手を付ける。この料理はパルンの名物、スネ肉の煮込みはあちこちで食えるが、ここに来たら食いたいと思っていた料理だ。

フォークで麺を搦《から》め捕って口に運ぶ。うむ、辛くてうまい。微《かす》かなトマトの酸味、玉ねぎの甘さが辛さの中にあって、味が単調に感じがちな平たい麺が、辛さを少し和らげる。

膝の上で信じられないものを見る目でぴゃーが見上げてくるが、うまいものはうまい。

ぴゃーがお子様舌なだけじゃ。

半分ほど食べたところで、スネ肉の煮込みがくる。トマトかワインの煮込みかと思ったら、どうやら違う。牛スネ肉、大根、ゆで卵が入っている少し変わり種。むう、名前に惑わされた。

とりあえずどんな味だか確認。食べた後に生姜《しょうが》の味が追ってくる、なかなかさっぱりした煮込みで珍しい。

「ほれ、これはどうじゃ？」

片方これにすればよかったと思いながら、スネ肉をぴゃーに差し出す。

今度は慎重に匂いをかいでから口をつける。生姜もダメとか言わんよな？

「ぴゃー」

これはうまかったようだ。

そしてゆで卵にご執心。いや、一皿一つしか入っておらんじゃろうが。諦めて大根を食え、うまいじゃろうが！

一応、ゆで卵だけ売ってくれんか聞いたが、ちゃんと料理を頼めとのこと。いや、さすがに儂も二皿と半分食った後は、無理じゃぞ？

「ぴゃー」

「わがまま言うでない」

そんなにうまかったのか、ゆで卵。

ぴゃーに食わせたので、儂は食っとらん、気になるではないか！

何某《なにがし》かの心付けを渡して頼もうにも、戦場のような忙しさで気が引ける。

「町を出る前に、もう一度来るから我慢せい」

どちらにしても今日はこの村で泊まりだ。夜は店を変えるつもりでいたが、まあいいじゃろ。

店を出て、村を見て回る。賑《にぎ》わいは小さな町より上だ。壁というのは、非常時に役に立つし、安全じゃが、発展や人の行き来を妨げる。国境に近い村ではないし、魔物はほとんど姿を見せない。

壁は邪魔なだけじゃな。

そう思いつつも、昔を知っている儂としては、魔物が来るのならあちらの山からだろうとか、そういったことを考えてしまい、落ち着かない。

パン屋で旅人用のパンを注文する。二度焼きされて硬く、日持ちして軽いものだ。

「評判のいい名物か、干し果物の店はあるかの？」

ナッツや干し果物は旅の間、馬上で食うのに重宝するし、獲物が獲《と》れない時のつなぎにもなる。もちろん干し肉や、その他の食料も補給するつもりじゃが、ここは確か干し果物作りが盛んなはず。

「干し果物なら、西の農地に行った方がいいのがあるよ」

ちょっと多めに支払いをして、話を聞く。

「最近変わったことはあるか？」

「さあ？　この辺は普通だよ。二つ隣の村は、道に魔物が出て大変だって話だったが、領主が兵を出してついた頃にはいなくなってたって話だけど。俺の小さい頃よりゃ、魔物もぐっと減ったのに珍しいねぇ」

料理屋で耳に入って来た魔物の話か。話してた客より、パン屋の方が情報が早いな。

一応、周囲を確認しとくかの。

村の周りをぐるりと一周、南と北は広めの道で人の往来が多く、問題ない。それなりに強い魔物ならばともかく、普通は大勢の人の気配は避ける。東は牧草地が続き、見晴らしがいい。

魔物が出るとしたら、西の山からじゃの。残った魔物は野生動物のように人を避け、身を隠しつつ、それでも我慢できない衝動があるのか、人を襲う。

　村の西側には、農地と畑に囲まれた家がいくつか。農家では大抵家畜を飼っているので、他の村の建物とは少し距離がある。

「すまんが、干し果物を分けてくれる家があると聞いてきたんじゃが、教えてくれんか？」

　最初に目についた、畑で作業している男と女に声をかける。

　この辺りで作っているのは、小麦を中心に蕪《かぶ》と豆。保存の難しい、葉物は少し。

「ああ、うちでも作ってるよ。こっち側の家はみんな山になるもんで作ってる。売れるのはツルコケモモと山リンゴだよ」

　男が顔を上げていう。

「ではそれを頼む」

「おう、家までついてきてくれ」

　奥さんらしい女に合図を送り、畑から出て小道を先に立って歩き出す。

「最近、山の様子はどうじゃ？」

「あんた、変な喋《しゃべ》り方するなあ。山は別に変わらないよ、でも実を食う動物が少ないみたいで、ツルコケモモがたくさん採れたよ。大抵、鳥やらネズミやらに先に荒らされてるんだが。あいつら早起きでねぇ」

変な？

ああ、この見た目で「儂」とか「じゃ」とかは可笑《おか》しいか。最初の孫が生まれて、孫相手に話してるうちにこうなったような覚えがある。領内のたくさんの孫持ちの爺様《じい》の喋り方がうつった。

「あんまり気にしないでくれ、近所の爺様の口癖がうつったんだ。――山の動物が減ったのかの？」

「そんなこたあないんじゃないかな？　一週間前くらい前から、畑に出てきて困ったよ」

男があまり困っている風に聞こえない声で返事をする。

「畑に？　春先だからか？」

「去年とは違う感じかなぁ。猪《いのしし》は猟師に頼んで何頭か仕留めたんだけど、ネズミやらリスやら小さいのが困ってね。さっきも罠《わな》をかけてたんだよ」

肉は助かるが、猟師を雇った金と、荒らされた畑の被害で赤字かなぁと、のんびり続ける。

「脅《おど》かすようで悪いが、それは魔物が移って来て、山から動物どもが逃げ出したんじゃないのか？」

「それは困るなぁ」

立ち止まって、振り返り眉毛をしょぼしょぼさせて言う男。表情が大袈裟《おおげさ》だが、口調はのんびりなままだ。

「まあ、後で山を捜索してもらえ。二つ隣の村でどこかに移動した魔物とやらのことを、領主もまだ気にしとるじゃろしな」

逃げた、ということはそう強い魔物ではなかろうし、村人が大勢で山狩りをすればまた移動する確率が高いしの。

「魔物が出たのかい？」

儂が歩き出すと、男も歩き出す。

「ああ、パン屋でそんな話だったな。山づたいに移動したなら、ありえるじゃろ」

「おう、じゃあ早速頼んでみるよ。お前さんに干し果物を分けてからな」

「ま、領主の兵が来なくても、大勢で山に入れば逃げ出すかもしれんしな」

そんなことを話しながら歩き、到着。

家の前には立派な猪が血抜きのためかぶら下がっていた。

おい。魔物が寄ってくる環境じゃろが‼‼　エサをぶら下げてどうする！！！

で、どうなったかというと。今夜はこの家に泊まることになった。

この家の者が、明るいうちに猪を仕留めた狩人《かりゅうど》と一緒に村長の家に行き、状況を説明、村長は領主の元に連絡を入れる——一応、姿を消した魔物の捜索は続いていて、何か魔物の痕跡があれば知らせるよう、おふれが回ってるらしい。

ただ、こっちでは魔物退治のための領主の手勢がどこにいるか把握しておらんので、直接連絡を取ることができず、到着まで時間がかかるという話だ。その者たちが到着するまで、西側の農家に交代で兵士と傭兵《ようへい》、狩人が交代で詰めるそうだ。

ただ、今晩は流石《さすが》に人数が揃《そろ》わず、狩人と傭兵、ひょろりとした兵士が一人ずつ。

「餌が吊り下がってる上、血の臭《にお》いをたっぷり嗅いだろうしなあ」

儂の前で、ため息まじりに傭兵が言う。

狩人と兵士は、西の農家の取りまとめのような立場にある家に、儂と傭兵が、猪をぶら下げとった家に陣取っている。

「今夜来る可能性が高いの」

「怖いこと言わないでくださいよ」

儂の言葉に、家の主人の若い農夫が文句を言う。

「口にしようとしまいと、事態は変わんねぇだろ。村長の慌てぶり、見てんだろ？」

「ええ、まあ……」

傭兵の言葉に口籠る農夫、ジミーという名前らしい。

年寄りほど、魔物に対する行動が早い。若い世代、特に人の住む場所のそばから魔物が追い立てられた後に生まれた者たちの反応は、とても鈍い。魔物よりもむしろ畑を荒らす猪や、時々姿を見せる熊などを恐れている。

一人、二人で対峙《たいじ》するハメになれば、その二種も一般人には脅威じゃろうが――まあ、弱くとも身近な恐怖じゃからな。

「あんた、魔物と戦ったことは？」

「ある」

傭兵に聞かれて答える。

「傭兵……、いや、今流行《はや》りの冒険者ってやつか？」

「まあ、そのようなものかの？」

大規模な戦争のない今の時代、冒険者と傭兵の違いはほとんどない。強《し》いて言えば、冒険者の方がやることの範囲が広いくらいか。

「俺はタイン、傭兵だ。ま、冒険者に片足つっこんじゃいるがな」

薬草採取や雑用をする冒険者を下に見る者もいる。だが、この男の言い方は嫌な感じではない。己の剣《ちから》だけを頼りに戦いに明け暮れるのも傭兵だ。

「儂《わし》はスイルーンじゃ。短い間になるが、よろしく頼む」

「今夜じゃなく、明日の晩なら嬉《うれ》しいんだがなあ」

がしがしと頭をかく傭兵。

大柄で押出しがいい。太い手首と、がっしりと安定した体型がいかにも頼りがいがありそうな男だ。剣の手入れも行き届いておるし、ぼやいてみせているがそう弱くはなさそうだ。

「あいよ、飯だ」

農夫が隣の部屋から手に一つずつ器を持って来た。

農夫の妻は、知り合いの家に一時避難しておらんが、出かける前に煮込み料理を作っておいてくれたようだ。

「ありがとう」

「おう!」

それぞれ木のボウルに盛られた料理を受け取る、鶏肉《とりにく》と野菜の煮込みのようだ。

「暖炉に鍋をかけとくから、後は好きに食ってくれ」

引っ込んだかと思えば、そう言って今度は鍋を抱えて姿を見せる。

「そういえば、鶏がいたの。金は払うゆえ、ゆで卵を作ってくれんか？」

「ああ、いいぞ」

農夫に話しかけて、手を止めた風を装《よそお》い料理をぴゃーに食わせる。

ちょうど顔の前で手を止めたら食い始めたので、そのまま食わせとるだけだが。

「待て」

出て行こうとする農夫を手で制す。

「ああ」

傭兵の方を見ると短く答え、頷《うなず》いて剣を引き寄せる。

「ぴゃー」

ぴゃーが儂の顔を見上げて鳴く。どう考えても周囲には聞こえていない。

これは儂がスプーンを置いたことへの抗議。聖獣、お前聖獣じゃろ？　魔物の気配くらい分かれ！

構わず立ち上がると、落ちかけたぴゃーが慌ててよじ登り、背中に張り付いてくる。お前、ここに残っていた方がいいのではないか？

「あんたは、声をかけるまで出てくるな」

傭兵が農夫に向かって言い残し、共に戸を開けて、外に出る。

気配の方を見れば、闇夜に赤い光が二つ。動物の目がこちらが当てた光に反射して赤く見えることはあるが、暗闇で光るのは魔物の目だ。

「聞いてたよりでかいな。目の位置が高《たけ》ぇ」

隣で傭兵が唾を飲み込む。

魔物がこちらに気づいたのか走り出す。

「手ぶらってことは、『武器持ち』だろ？　頼むぜ」

ニヤリと笑って剣を構える傭兵。

出会ったことのある傭兵の中ではそれなりにできそうではあるが、怪我《けが》なしというわけにはいかんだろう。あの大きさの魔物は、丈夫で硬く、普通の剣では弾《はじ》かれることもある。

「おおっ！」

走り込んできた魔物に向かい、気合いを入れて剣を振り下ろす。

「アアガァッ‼」

傭兵が首を狙って振り下ろした剣は、魔物を斬り伏せることは叶《かな》わなかったが、飛びかかってきた魔物を地面に叩《たた》き落とした。

魔物は地面に落ちるとすぐさま飛びすさり、怒りの声を上げる。

四本足、いや、前足は手だ。手足を使って走り、威嚇する時は上体を上げる。上唇がめくり上がり牙を剝《む》いた顔がこちらを睨《にら》む。

「猿の魔物のようじゃの」

丈は儂よりあって、横は傭兵よりある。ただ、猿系統の魔物にしては、あまり頭はよろしくないらしい。

「硬《かて》え！」

「急所よりは、柔らかいところを狙わぬと難しいぞ。首ならば、後ろや横からではなく、前から突け」

後は毛に覆われておらぬ顔面、手首、足首、関節あたりか。

「そんな余裕は……っ」

再び襲いかかってきた魔物に、剣を振るう傭兵。

なんとか喉を狙おうとするが、猫背に首を突き出したような前傾姿勢の相手に苦戦している。腕で剣を弾かれ、爪で浅く頰や肩を傷つけられる。

「ちょっ！　見てないで参加しろ！」

「危なくなったらな。魔物との戦いを学ぶいい機会じゃぞ」

「学ぶ前に死ぬわ！」

剣が通らず苦戦気味ではあるものの、うまく避けている。それでも傷は増えてゆく。

魔物の体力は人より多い。このまま攻防が続くと、傭兵が負けるだろう。

「アーイ、アァアァ」

「うをっ!」

魔物が上げたひび割れた甲高い声を聞き、傭兵がよろめく。

声に乗せた威嚇と威圧が聞く者の恐怖を煽《あお》り、動きを奪う。かかるのは心の弱い者、魔物との対峙に慣れぬ者。

吠《ほ》える魔物に魔法を使うタイプは少ない、面倒がなくていい。

「──水焔《すいえん》」

左手から剣を引き抜くと、闇夜に水焔の刀身が薄く輝く。

水焔の気配に気づいた魔物が、距離を取り僕を睨む。

背中で細長くなってるぴゃー。だから何故《なぜ》ついてきた?

「ぴゃー」

手足をついて、走り込んできた魔物へこちらから踏み込み、蹴り上げ、空いた喉に水焔を突き刺し横に薙《な》ぐ。

別にそのまま真っ二つにもできたが、傭兵に戦い方を学習させせんとな。

「早く現れてくれて助かった」

魔物待ちで徹夜は嫌じゃからの。

さて、コイツの核はどうやら喉と胸の間あたり。核はあるようだが、コイツは動物混じりじゃな。核を壊さんでもすぐどうこうということはあるまい。時々復活のやたら早いのがおるんじゃが。

水焔を振るい、納める間に考える。

魔馬が動物よりなら、このサルは魔物より。人間を襲ってくる赤い目と核を持つモノは、動物に似ていても魔物と呼ばれる。

「あんた、若いのに強いな」

傭兵が少し驚いたような声で言う。

「まあな？」

若くはないが。

「これ、このままでいいのか？」

びくびくと動く魔物を見下ろし、聞いてくる傭兵。

「このクラスならば、動物と対処が一緒じゃな。核は後から壊せばいい」

「その対処が難しい。普通の猿なら俺だって首を落とせてた」

「魔物の中には、首を落としても動くモノ、手を落とせば手が別に動くモノもおる」

核を壊さぬ限り、肉体をどう壊そうとも動くタイプが。

「うぇえ」

嫌そうな顔をする傭兵《ようへい》。

「そういうのは誇張されてるもんだと思ってたぜ。——見事なもんだ」

動かなくなった魔物を剣の先でつつきながら観察する傭兵が、儂のつけた傷跡を見て言う。

「最初の蹴りから斬りつけるまでも速かったし、真似《まね》できねぇ。この爪、やべぇな」

魔物の、特に爪や牙の強度、弱点になりそうな部位を確認していく傭兵。

命がかかる商売だ、戦うかもしれん相手の確認は当たり前と言えば当たり前だが、学ぶ姿は好感が持てる。

「猿じゃ食えねぇな。どうするのがいいんだ？　焼くか埋めるか。使えるのは毛皮か？」

そう言って魔物から離れる傭兵。

「猿は食えるぞ。まあ、毛皮を防具に、頭と胆《きも》が薬になるかの」

胆を干して煎じたものは食あたりや、胃の病気に、頭を黒焼にした猿頭霜《えんとうそう》と呼ばれるものは頭痛や脳の病気に効く——はず。

ある程度の知識はあるが、こういうのに詳しいのはマリウスだ。ただ、解体は儂の役目だったんで、得意だ。

儂が解体して、マリウスが売れる場所——利用する方法を知っていて、欲しがっている者たちに持っていって高く売る。売る方も何に使えるか知らんと、解体の時にダメにしたり、知らずに捨てたりする。

「魔石持ちもいるんだろ？」

「おるが、この魔物は望み薄じゃの」

雰囲気的にこのサルの魔物は、そう年を経ていない。戦い方も力任せ、本能任せで獣に近かった。

魔物の解体を傭兵に教える。

魔物には倒れた後は、柔らかくなるヤツもいるのだが、そういうのは魔力のようなものを身に纏《まと》わせているヤツだ。マリウスがやっている身体強化みたいなもんじゃの。

「なるほど、切る方向でだいぶ違う。でもかてぇ……」

「防具にするにはいいと思って頑張れ。鞣《なめ》し方はわかるじゃろ？　じゃがその前に皮を剥がしたら核を探せ」

「ああ。体の中心線上に多いんだったか。そして丈夫《かたい》な方に」

そう言って首から下に探っていって、核を見つけ抉《えぐ》り出し、剣で割る傭兵。

核は額の真ん中、喉、胸、腹――確かに体の真ん中に多い。多いだけで、左腕にあった魔物もいたが。

弱点でもあるため、大抵核のある場所の周辺は剣を弾くほど硬い。儂《わし》は魔力で包まれておらん限り、なんとなく核のある場所がわかるので、小物は水焔で硬い守りごと斬って済ませることが多い。

「おっと、へこんだ。本当に消えるんだな」

核を潰した途端、黒い靄《もや》のような光が抜け、魔物が急に質量を減らした。

「魔力で構成されとる魔物は、ほとんど何も残さずに消える。これはだいぶ残った方だな」

見たところ、皮と骨、内臓を残して消えたようじゃ。

「魔石とは違うんだよな?」

確認するように傭兵が聞いてくる。

「ああ。核は魔物が体を維持するためのもの。魔石は魔物の体と魔力が釣り合わず、余った魔力が凝《こご》ったものといわれるな。本当のところは知らんが」

強くなればなるほど、余剰の魔力が出る。長く在れば在るほどその魔力は溜《た》まる。魔物の個々の在り方で、別な色、別な形の宝石が生まれる。

核は大きさの違いはあるが、あのシャトが消えた場所に浮いていた黒い水晶と同じもので、魔石とは違う。

魔王から直々にコア——魔物が元々持つ核と区別のためにこう呼ぶことが多いが、核と同じものだ——を新しく与えられたり、強化された段違いに強い魔物も存在した。コアを与えられて目の前で強化された魔物も見た。


「あ、あの……」

口を出しながら作業を見守っていると、おずおずとした声がかかる。

「おっと、忘れてた！　終わったぞ。他の連中にも知らせてくれ」

傭兵が明るい声で、戸の隙間からそっと覗《のぞ》く農夫に声をかける。

「おお、ありがとうございます！　すぐに！」

戸を大きく開けて、駆け出してゆく農夫。

向かった先は兵が詰めている、この辺りのまとめ役の家だろう。

「勢いで解体始めちまったが、検分してもらった方がよかったかな？」

駆けてゆく後ろ姿を眺める傭兵。

「いいじゃろ別に。ちんたらしてると朝になるぞ」

「あんた、さてはせっかちだな？」

「む……」

そこは直したいところなんじゃが。

そう、この旅はのんびり行くんじゃ、のんびり。今夜徹夜する羽目になったとしても、朝寝、昼寝をすればいい。いや、やっぱり徹夜は嫌じゃ。

「来る奴《やつ》らの対応は任せる。その魔物もいらん、おぬしの好きにせい」

「あんたは？」

「儂は飯の続きじゃ」

家に向かいながら、手をひらひらと振って答える。

そうじゃ、のんびり気ままにいくんだ。面倒な検分に付き合う必要はない。料理は冷めてしもうたかの？

部屋に戻り、食べかけの煮込みの入った皿を手に取る。暖炉にかかる鍋から熱々の煮込みをつぎ足して、席に着く。

煮込みの匂いを嗅ぎつけたのか、ぴゃーが背中でもぞもぞする。こいつ、食い意地が張っておる。さっきまで細くなって固まっておったくせに。

「ほれ、見られんうちに食え」

「ぴゃー」

皿に顔を突っ込んで食い始めるぴゃー。

儂用の皿も欲しいとこじゃの。何が悲しくって自分の飯を後回しに、ぴゃーの食うところを見守っておらにゃならんのか。やたらうまそうに食うんで、食っていない儂は落ち着かん。

「ぴゃー」

満足したのか、膝から背中にもどるぴゃー。

ぴゃーが終えたところで、自分の分をよそる。自由に食っていいと言われとるんで、遠慮なく。

最初に何かのハーブの味、入っている肉が少々固いが、噛《か》むほどに味が滲《にじ》み出ていい。

この家の奥さんは料理上手らしい。

外が騒がしくなる。農夫が呼んだ、兵――この場合、役人が来たのだろう。戸を開けて傭兵が顔を出す。

「状況の説明をしてくれだとよ」

「任せた。対峙《たいじ》しとった時間はおぬしの方が長いじゃろ。儂は金をもらっておるわけじゃないしの、先に寝る」

立ち上がって、仮眠のために用意された客間に向かう。

折衝やら何やら、面倒でかなわん。役人の相手は特に面倒じゃ。

「長いって言われればそうなんだが……」

やる気のない儂を見て諦めたか、困ったような顔で庭の方に向きを変え、戸を閉める傭兵。

報酬の分頑張って働け、若者。

客間とは言っても普段客などこない農家の部屋、ベッドフレームはあっても布団《ふとん》はない。村長の家だかどこかで借りてきたらしい毛布にくるまり、ベッドという名の木の板の上でもそもそと寝る態勢を作る。

ぴゃーももそもそ。

ああ。明日こそは、ゆで卵を作ってもらおう。

◇◆◇

朝、もそもそと起き出す。ぴゃーが寝ぼけて腹から落ち、慌てて背中に駆け上がる。

あの傭兵が部屋に入って来た気配はない。一晩中ざわついとったようだし、徹夜でもしたか。

「おはようございます」

部屋を出るとすぐに居間、その隣が台所で扉はない。朝の早いうちに戻って来たらしい奥さんが、挨拶しながら台所から出て来た。

「おはようございます」

「旦那、おはよう」

潑剌《はつらつ》とした奥さんとは対照的に、居間にいる二人は疲れた顔。やはり徹夜をしたらしい。

「ああ、おはよう。茶をもらえるか？」

挨拶しながらちらりと二人に視線をやって観察し、奥さんに頼む。

「今、パンも焼くんで待ってくださいね。大したお礼ができない代わりに、たくさん食べていってください」

茶を差し出しながら奥さん。

茶は香ばしくほんのり甘い。この辺でよく飲まれるトウモロコシの茶のようだ。

「あ、俺もおかわり頼む！」

おかわりということは、傭兵はもう飯を食った後か。

台所に向かう奥さんから、はいという声と、アナタは？　という声。それにオレはもういいと返事をする農夫。

「旦那、領主から報酬が出るって話だ。受け取るにはここで数日待つか、領主のいるハデイの町に行くかだが、どうする？」

「いらん。面倒じゃ」

傭兵《ようへい》が聞いてきたことに短く答える。

幸い金に困っておらんからの。以前の旅と違って、残金と睨《にら》めっこするようなことはなく、名物は食べたいだけ食べるし、泊まれなかった宿にも行くつもりじゃ。

それに、町までのこのこ行って貴族と関わることで、居場所がバレてまた面倒なのが来ても困る。かと言ってここで数日過ごすというのも、王都から近すぎる。

まあ、儂が名乗らなければ問題なさそうじゃが。エルムとやらが隠し子隠し子連呼しとったのは、おそらくスイルーンの名であれこれやらかして、勇者の流出を宣伝するなということじゃろう。多少噂《うわさ》になっても、隠し子の噂で覆い隠すつもりかの。

「そう言うと思った。旦那、役人とかと関わるのが面倒なら、俺が受け取って渡そうか？」

「へっ？　なんかやらかしたんで？」

傭兵の話に、農夫がびっくりした顔をする。

「手続きのやりとりが面倒なだけじゃ。ついでに貴族と関わるのも面倒くさい」

ひらひらと手を振って答える。

「結構な額になるぞ。あの魔物まるまるの代わりに上乗せだとよ」

「あ。遅くなりましたが、ありがとうございます。助かりました！」

農夫が急に居住まいをただし、頭を下げてくる。

「今度から魔物の噂がある時は、家の前に獲物を吊《つ》るすのはやめるんじゃな」

「はい。それでオレは金は出せねぇんですが、その猪《いのしし》の肉を持ってってください」

「ゆで卵も頼む、二、三個」

農夫にリクエストする。

「あら、じゃあ今から茹《ゆ》でますね」

そう言いながら、料理の皿を置く奥さん。

皿には二枚重なったこんがり焼けたパンと、チシャ、くし切りの芋を茹でて焼いたもの。

二枚のパンの間には具が挟まっているようだ。取り上げて一口齧《かじ》ると、チーズが糸のように伸び、断面から半熟卵が漏れ出す。慌ててパンを縦にしてことなきを得、さらに一口。

ハムとチーズの塩味と、半熟の黄身の舌に絡《から》む甘味、かすかに味と香りのする何かのハーブが、たまに感じる半熟卵の生臭さを消している。

「ぴゃー」

ぴゃーが肩をつたって、膝の上に。

そしてそのまま儂《わし》の朝食を食い始める。手の中から消えるパン——さすがにバレるじゃろ、どうするんじゃこれ。

「旦那、早食いだな。食う方もせっかちか？」

傭兵がちょっとびっくりしたような顔で聞いてくる。

「……」

……気づいてない、だと⁉

ぴゃーが何かしたのか？　人の意識に干渉したのか、何か幻を見せたのか。腐っても聖獣か。

「あらあら、早食いは体に悪いですよ。はい、ゆで卵。パンのおかわりはいかが？」

奥さんがにこやかに聞いてくる。

「……もらおう」

これ、儂が大食いみたいじゃの。

「ぴゃー」

綺麗《きれい》に剝《む》かれ、マヨネーズと胡椒《こしょう》、刻まれた何かのハーブが落とされたゆで卵を、丸《まる》呑《の》みしているぴゃー。

お前、噛め、噛んで食べろ！　あと、儂の分！

「旦那、丸呑み……」

「何⁉」

待て、もしかして儂が食ってるように見えているのか⁉　食ってるところが見えているのか？　しかもぴゃーの食べ方が反映されとる⁉

聞きたいが、今はダメだ。この傭兵はともかく、農夫のほうは聖獣に会ったと知り合いに話しまくる顔をしとる。

さっさと食べて、さっさと背中に引っ込んだぴゃー。お前、腹の重さで伸びてないか？　ナスみたいな形になっとる気がするぞ？

かろうじて残ったゆで卵を食べる。パンに挟まれた卵が半熟だったせいか、こちらは固《かた》茹《ゆ》で気味。だが、緩いマヨネーズが絡んでパサパサはしていない。特にハーブの味はせんが、時々黒胡椒のぴりりとした刺激がある。

トウモロコシのお茶で、ゆで卵とホットサンドを楽しみ、満足した。だが、妙な疑惑はどうしたものか。

宿屋に預けていた魔馬を連れ出し、村を発《た》つ。

「旦那、どうせ町には寄るんだろ？　雄鹿亭《おじかてい》って宿屋が飯も旨《うま》いし、安いぜ」

宿屋は普通、泊まり客の馬しか預からないが、今回は村のための滞在ということで、村長が話を通してくれた。傭兵は、儂が確かに村長の頼みで動いていた証明を兼ねて見送りがてら一緒に。

「ああ、空いていたら利用しよう」

これから村長のところに行くらしい傭兵に答えて、馬上の人となる。

飯の旨い宿屋か。嬉《うれ》しいが、微妙に食いしん坊だと思われとらんか？　いや、旨いものを食うのも旅の楽しみに据えてはいるが、こう……。

次の町までは二日。大体この国では大きな町や村の間の移動は二、三日以上はかかる。あまり近すぎると、人も家畜も養うだけの土地が足りなくなるのだ。物の集まる王都や、人が暮らすには厳しい辺境などはまた事情が別だが。

魔馬に揺られてのんびり街道を進む。魔物が現れて騒ぎが起きようと、空は青い。魔王がおった時は、天気も悪かったからの。

旅の仲間

「ぴゃー」

「なんじゃ」

道中何事もなく来たが、町が見えてくるかというタイミングでぴゃーがもぞもぞと落ち着かない。

「まさか腹が減ったのか？　もう少しがまんせい」

町がすぐそこ――

「おじい様！」

町に向かう街道の真ん中でアリナが手を振っている。隣にはマリウスとイオ。距離を詰め、魔馬を降りる。

「アリナ」

出たり入ったり忙しいが、アリナなら大歓迎じゃ。

抱きついてくるアリナを抱き上げ、頬を合わせる。

「修行か？」

確か、週に一度の割合で儂のところにくるような話をしておった。置いていったマリウス付きでくるとは思っておらんかったが。

「違います。家出です！」

「なんじゃ、穏やかではないな？」

少し怒ったような様子も可愛《かわい》らしいが。引き結んだ口が頬をほんの少し膨らませているように見せる。

「陛下たちが、おじい様に対して不誠実だったからです」

アリナが父ではなく、陛下と呼ぶ。だいぶ怒っているらしい。

さて、隠し子呼びやらのことかの？　国外でスイルーンを名乗るなと頼まれれば聞いてやったものを。だが、その程度で？

「王は魔女イレーヌと何か取引したようですよ」

「取引？」

マリウスに聞き返す。

イレーヌは儂のように爵位を貰《もら》い国に仕えておるわけでもなく、決まった国に所属しているわけでもない。

いつから生きているかわからない魔女は、国王の命に従う立場にない。いったい何を対価に願いを聞いたのか。

「イレーヌの魔法で一度王都に戻った短い時間なので、はっきりしたことは流石《さすが》に調べきれませんでしたが。陛下たちは貴方《あなた》にふらふらされては困るらしいですね。それでいて、お告げに従って旅に出ると言う貴方《ゆうしゃ》を止めることもできず、だいぶお困りのようでした」

マリウスがいつもと変わらん顔で告げる。

アリナの怒りに、隠し子騒動は関係なかったらしい。

どんな取引をしたのか知らんが、女神のお告げは邪魔できんか。

それにしてもイレーヌか。

「イレーヌとの間に割って入ったのはそのせいか？」

魔馬に強化魔法をかけたあの時、マリウスは儂とイレーヌの間に馬体を割り込ませた。

イレーヌの面倒さは騎士と騎士見習いの上じゃが、さすがに儂に対して直接危害を加えるようなことはないと思うのじゃが。というか、その気配があれば気づく。

「シンジュ様のお陰で貴方の気配を追えないようで、まずシンジュ様の確認をし、新しく印をつけようと躍起になっていましたね」

おい、まさかぴゃーを見るためにローブをバサバサやっとったのは、その攻防だったのか？

何故《なぜ》儂に言わん！　いや、こいつは確証がないと黙っとるやつだった！　というか、ぴゃーが役に立っていただと⁉

「ぴゃー」

くっ！　ぴゃーから得意げな雰囲気が……っ！

「流石シンジュ様ですね」

胡散臭《うさんくさ》い笑顔でぴゃーを褒めるマリウス。

「何だか知らんが、命が欲しいとかではなさそうじゃな」

でなければとっくに何か仕掛けられている。

儂に命の危険はないが、何か事情があってはっきり言えんこと、もしくは儂が嫌がりそうなこと、か？　どっちにしろ内緒事は好かんし、こうなっては聞いてやるつもりはない。

「何を考えていらっしゃるか、女性は謎ですね」

肩をすくめるマリウス。

そのマリウスからイオに視線を移す。

「ご心配なさらずに。おじ様の味方というわけではございませんが、居場所を漏らすようなことは致しませんわ。陛下たちのように、アリナに嫌われてしまいますもの」

儂《わし》の腕の中のアリナを見る。

「お姉様、付き合わせてごめんなさい」

「私たちは自身の『印の武器』を探しに。それが少し早まっただけですわ」

少し眉のよってしまったアリナを見て、微笑《ほほえ》むイオ。

「旅に耐えられなくなったら、戻るのじゃぞ」

二人とも幼いながらも強い。だが、野宿の続くような旅に耐えられるかは別問題。

◇◆◇

アリナとイオを乗せた魔馬を引き、町に向かう。

マリウスは儂と別れた後、イレーヌとオマケの二人と共に一旦王都へ戻り、神殿で身動き取れなくなる前に、イオと連絡をつけてアリナと三人、さっさと出てきたらしい。副神官長の受難はまだ続きそうじゃ。

「そういえば、どうやって儂を見つけたんじゃ？」

ぴゃーのせいで、イレーヌさえ儂の居場所が分からんような話だが。

「転移の魔法を使ったのはイオですが、飛ぶ場所を指定したのは私です。イレーヌやイオに魔法の腕は及びませんが、貴方があの山を、魔物の作った道を使って越えるだろうことは予測がつきましたしね」

マリウスが言う。

「面と向かってイレーヌに理由を聞いてもいいですが、暇ですしねぇ……。シンジュ様のおかげで、イレーヌは後を追うのに苦労するでしょう。あ、私たちも身体強化の応用で晦《くら》ませて来ましたよ。今はシンジュ様の影響下ですし、安心ですね」

にっこり胡散臭く笑うマリウス。

「ぴゃー」

胸をそらしている気配がするぴゃー。

「流石シンジュ様です。素晴らしい」

マリウス、ぴゃーが調子に乗るからヨイショをするでない！

儂は転移など使えんし、気軽に問い質《ただ》しに行くことはできない。イオの力では、自分とアリナが飛ぶので限界だろうしの。マリウスが一緒に飛べたのは、マリウスが魔力を繋《つな》げるだかなんだか……同じ血族で協力できるあれじゃろ。あれ。

――なんか聞いた気がするが、小難しくて忘れた。

それにしても、ぴゃー。わかっていて気配を変えてくれていたのか、単なる偶然かどっちだ！

「では、リリーには言い置いてきたのじゃな？」

リリーホワイトは儂の娘で王妃、そしてアリナの母だ。

「はい。お母様にはお伝えしました。みごと印の剣を手に入れてくるようにと、お言葉と装備を賜りました」

「私にもですわ。不退転の決意で臨むようにと」

馬上からアリナとイオが言う。

「リリーは男前ですからね」

「儂の子の中で一番苛烈じゃ」

マリウスの言葉に返す。

外見は楚々《そそ》とした——いっそ折れてしまいそうな嫋《たお》やかさなのじゃが、中身は思い切りがよく豪放。妃《きさき》にと望まれ、剣の修練の時間が取れなくなったため、今はさすがに息子に勝てんじゃろうが、子供の中で一番剣の筋が良かった。

◇◆◇

ハディの町に入り、魔馬を預ける。

「明日の朝までに魔馬を二頭手配できますか？」

儂が馬を預けている間に、マリウスは自分と子供たちの魔馬の手配を始める。

アリナもイオも鐙《あぶみ》に足が届かんが、魔馬は魔法使いのいうことはよくきく。儂はアリナを乗せるのは大歓迎だが、魔馬とはいえ大人一人と子供二人を乗せて長旅はよろしくない。なお、マリウスは人にくっつかれるのを好かんので、血族とはいえイオを乗せることはおそらく考えていないだろう。

「一頭ならすぐに、二頭だと明日の昼になる。馬房にいるのは貸し馬用でな。売り物は少し離れた馬場にいる。選びたいなら自分で行って見てきな」

馬屋の亭主が言う。

「急ぐ旅でもない、見て選ぶのがいいじゃろ」

「出発は明後日《あさって》ですか。まあ、探すなら街道沿いでしょうから十分な間はありますね」

後半はつぶやくように。

また追いかけてくるのか。王家とイレーヌが取引しとるんならそうなるじゃろな、面倒臭い。

「雄鹿亭《おじかてい》という宿はどこにあるかの？」

「広場から東の道に行って、三つ目の角を左、次の角の手前にあるぜ。泊まりたいなら、馬場に行く前に部屋をとってきな」

馬屋の男に傭兵《ようへい》に聞いた飯の旨《うま》い宿の場所を聞くと、笑顔と一緒に答えが返ってきた。

どうやらこのまま期待していい宿らしい。


雄鹿亭に部屋と夕食の料理の予約をし、教えられた馬場を見に行く。

「お姉様、気に入った馬《こ》はいましたか？」

「私はどの馬も同じに見えてしまって……。アリナは気に入った馬を見つけた？」

「はい。あの元気な馬《こ》が」

マリウスはさっさと自分の馬を選び、アリナとイオだけが馬場を巡っていたが、どうやら決まったようだ。馬場を任されている男に目で合図を送り、一緒に二人の元へ歩く。

「ぴゃー」

たくさんいる魔馬の気配が怖いのか、後ろでぴゃーが鳴く。

泣いているというよりは、警戒して生意気に威嚇しているようだ。

「おじい様、私はこの馬《こ》がいいです！」

近づく儂に気づいたアリナが、抑えてはいるが弾んだ声で言う。

動物のそばで大声を出して驚かせんよう気を遣っているようだ。魔馬はあまり気にせんじゃろうが、優しい子に育っている。

「ぴゃー」

ぴゃーはアリナを見習って、大人しくしておれ。

いや、魔馬を含め、周りにぴゃーの声は聞こえてないのか？　その威嚇に意味はあるのか？　とりあえずぴゃーはスルーだ。店員も斜め後ろについてきとるし。

「おう。健やかそうでよい馬じゃの」

この馬場の中にいる魔馬は売り物で、調子の悪いものや、まだ調教が終わっていないものは別の囲いにいる。

この馬屋は良心的らしく、どの馬も毛艶よく手入れされ、筋肉の発達も申し分ない。どの馬を選んでもそれなりだが、その中でも良い馬を選んだようだ。

うむ、馬もアリナを気にしてチラチラ視線を向けておるので相性も良さそうじゃ。うちの孫は馬の目利《めき》きも良い。

「ぴゃー」

ぴゃーはうるさい。

「ではこちらを明日、店に移動させておきます。馬具はどうしますか？」

「二頭とも一式お願いします。この魔馬にはそこにいるイオの足が届くよう調整した馬具を。料金は追加で構いません」

後ろから近づいて来たマリウスが、儂が答える前に言う。

片方は子供二人で乗ることを告げると、店員が首を傾《かし》げていた。まあ、大人二人と子供二人、求める魔馬が二頭であれば普通は大人と子供がセットと思うじゃろうな。

いやまて、まさか儂とマリウスが一緒に乗ると思われて……？

「儂の魔馬と相性がいいとよいな」

儂は儂で魔馬がいることをアピール。

「この二頭はお互い慣れていますが、魔馬は気性が荒いですからね。ですが、まっとうに仕込まれていれば怪我《けが》をするような争いはしないはずです」

店員が答える。

よし、不自然でなく伝えられたぞ。

契約や金の支払いは町の中にある店でになる。馬も馬具もそれまでには店に届けてくれるそうだ。

宿に入り、飯を食う。

「宿の名前の通り、鹿じゃの」

「雄鹿かどうかはわかりませんが、このローストは美味《おい》しいですね。バルサミコソースの甘味は黒糖でしょうか」

マリウスが味わいながら言う。

声だけを聞いていれば優雅じゃが、この宿は傭兵に紹介された宿。ナイフなどはついておらず、骨つきの肉を手で持って食う形式。それでもまあ、この男は優雅に見えんこともないが。

儂が鹿のローストを手に持つと、肩から身を伸ばしてぴゃーが食う。おい、毎回先に食われるのは微妙じゃぞ？　すこしは遠慮せい。

この顔ぶれなら大丈夫じゃろうと、もう片方の手を伸ばし、自分の分を確保し、頬張る。うむ、旨い。

「食欲をそそる綺麗《きれい》な赤ですわ。淑女として、少々お行儀が気になりますけれど、この場所ではこれが作法なのでしょうね」

「おいしいです」

大人の儂にも厚い赤身肉じゃが、イオとアリナの口にはさらに分厚い肉を頬張り、嬉《うれ》しそうに笑い合う。

儂《わし》に味の細かいことはわからんが、この赤肉のローストには渋めの赤ワインがとてもよく合う。

とことん飲みたい気になるが、孫娘の手前我慢じゃ。

◇◆◇

のんびりと町を歩く。

注文した馬具が特殊——イオが横乗りでアリナが同乗という横鞍《よこぐら》で複鞍《ふくあん》という訳のわからんことになって、出発がさらに一日延びた。一日で済んだのはイオが金で解決したからだ。

子供のうちからそれはどうなのだ？　と思ったが、血縁のマリウスが何も言わなかったので口出しはせんかった。公爵家……っ！

時間ができたのでアリナとイオの旅支度を整える買い物がてら、町の観光をしている。

すでに旅に必要になる物は買い終わり、宿に届けるよう頼んであるので、身軽なもんじゃ。

「あれは何をしているのですか？」

アリナがイオの袖を引き、興味の対象にきらきらとした視線を向ける。

「露店という安価な雑貨や食料を扱う店、ですわね？」

聞かれたイオが、答え合わせをするようにこちらを見上げてくる。

「ああ、合ってる」

頷《うなず》く儂。

アリナは目に映るもの全てが珍しいのか、町歩きの間、質問が途切れることがない。儂は目を輝かせたアリナが可愛《かわい》いので苦ではないが、イオはよく付き合っている。

いや、イオもアリナに聞かれて嬉しいのか？　アリナの方も儂やイオならば、嫌がらず答えてくれるという安心感があるのだろう。

ちなみにマリウスのやつは、面倒だと外出に付き合うことなく部屋に残っている。質問する以前の問題だ。

「あれはリボンでしょうか？　ああして売っているのですか？」

「綺麗な色ですね」

女の子らしく、アリナとイオが二人とも興味を示す。

町のそれも露店、値段はそれなりのものであるだろうが、何で染めているのか色は綺麗じゃや。

「リボンに限らず、安価な装飾品は露店で時々見かけるかの？　王宮に出入りしとるようなところは店舗を構えている。販売形態は様々じゃな。見てきたらどうじゃ？」

「はい！」

「いきましょう、アリナ。淑女として！」

にっこり笑って二人手を繋《つな》ぎ、様々な色のリボンが並ぶ露店に向かってゆく。

二人に力が入っているのは、リボンの魅力もさることながら、初めての買い物だからだ。金を触ったことのなかったアリナ、そしてイオの。

その後をゆっくりついてゆき、邪魔にならんところで二人を見守る。

正直、女性が欲しい物がドレスや花などしか浮かばんかったので、ちょうどいいものが見つかって何よりじゃ。

「手に取ってみてもよいでしょうか？」

「はいよ、嬢ちゃん。どれだい？」

にこやかな店番が儂に目で挨拶してくる。

うむ、うちの可愛い孫をよろしく頼む。……今、どういう関係に見えるのかわからんが。

「イオお姉様、こちらの色はどうでしょう？」

「アリナにはこちら、いえ、こちらの方が。手触りがいいですわ」

「本当です。こっちは髪に引っかかってしまいそうですね。でも色が……。イオお姉様にはこちらのリボンが似合いそうですわ」

嬉しそうな笑い声が時々上がる。

「すまんが一つくれ」

長くなりそうなので、露店さえ持たずに歩き売りしている子供を呼び止め、ローストされたナッツを買う。

葉に包まれた形状は長細く、開くと十粒ほどが並ぶ。最初は怪しい煙草《たばこ》の類かと思っていたのだが、人が買うのを眺めて違うことに気づいた。なかなか旨いもんじゃ。

結局、二人は同じデザインでピンクと青を買ったようで、それぞれそっと手に持って見せてくる。

「よい色じゃな。楽しかったかの？」

「はい、とても！　大切にいたします」

「よい思い出になります」

戻ってきた二人に聞けば、大満足の様子。

「では、散策にもどるかの」

再び露店を見て回る。

露店も様々で、布を敷いただけの場所に商品を並べる者、簡単な布の屋根で日除《ひよ》けを作る者、台を持ち込む者。様々な形態で様々な物が置いてある。

「あれは何ですか？」

「磁器や陶器の代わりに使うカップです。木でできていますね」

「あれは香水瓶でしょうか？」

「そうですね。あるいはインクの空き瓶かもしれません」

「あれは何ですか？」

「糸巻きです。羊の毛や綿から糸を紡《つむ》いで巻いておくものですわ」

「お姉様、すごい。あれは？」

「あれは――」

口籠るイオ。

「スタンプ――周りにあるものから推察するに、布に模様を押すものじゃの」

模様にそって切り取った、あるいは元となる木の形にうまく模様を彫り込んだ、色々な形の木版が木箱にまとめて入れてある。

「働く方は色々な道具を使うのですね。おじい様もお姉様も、色々知ってらしてすごいです。――あれは何ですか？　本なのはわかりますが、ぐるぐる巻きです」

「ぴゃー」

「ああ、あれは魔王の本の番人……いやまて、なぜここに⁉」

誰だ、やばいものを持ち出したのは‼‼

って、——もしかして、儂が塔から外に放り投げたヤツか⁉

半分以上がぐるぐる巻きにされた両端から見覚えのある赤黒い表紙が見えている。魔王の本の番人は、開くと魔物に姿を変え、襲ってくる。

聖霊が記したという魔王城へ至る道が書かれた本。その本を回収し塔に封印した魔王の片腕が、本の番人として置いた中の一冊。本の番人も本。大量の本に埋め尽くされた塔の中、聖霊の記したたった一冊を探すハメになった。

普通の本が六割、残りの四割が魔物に変わる本のような確率だった記憶がある。そして戦闘が途中で面倒になって、聖霊の本かもしれぬものを、開かずにぐるぐる巻きにしてから聖水を垂らすという行為をだな……。

強さにもよるが、聖水を垂らすと魔物はじゅっと白煙を上げる。弱ければそのまま溶けることさえある。尤《もっと》も聖水もそれなりに金のかかるものなので、その程度の魔物には普通使わんものだ。

マリウスが作れて、そばに淀《よど》みのない川があったからこその暴挙だ。ついでにぐるぐる巻きにした状態でイレーヌが封印をかけているため、普通の状態では開けないし、魔物に姿を変えることもままならんはずじゃ。

ただ、最終的にはぐるぐる巻きにする作業にも飽き――効率が悪く、聖霊の残した本は魔の者の力では損なうことが難しいことを思い出し、戦闘にもって行き魔物の攻撃を避けて本にぶつけることで、傷がつかない本を見つけることにシフトした。

聖霊の記した本は、魔物の力では消し去ることができなかったからこそ、塔に置いて、魔王を害する者の目に入らぬよう魔物に守られておったのじゃ。

……聖霊はすごいものじゃな？　ぴゃーは本当に聖霊か？

◇◆◇

「貴方《あなた》が投げ捨てた一冊なのでは？」

穏便に本を買い取って、宿屋に戻り子供たちが眠ったところでマリウスに見せた。笑顔でグサリとやってくるマリウス。

「……」

「塔に残る物は、イレーヌが塔ごと封印して立ち入りを禁じています」

そう、本はまだ大量にある。昔はさらに大量にあって、途中で飽きたんじゃよ……。聖水を垂らして、魔物と分かった本を塔の窓からぶん投げたくなるくらいには。ぐるぐる巻きなせいで、物理的に元の棚には戻せんかったしな。誰が拾ったんじゃろう？

「だからあれほど本は大事に扱いなさいと」

「ぴゃー」

ぴゃーは同意するでない！　あと、本ではなくて魔物じゃ！

「責任とって明日の朝早く、ちょっと外で倒して来る」

マリウスから視線をそらしたまま答える儂。

「イレーヌの封印が、貴方に解けるんですか？　まあ力任せに解けることは解けるでしょうけれど、まだ爆発なら当たりな方ですか？」

「ぐ……」

そう、イレーヌは封印を解いた者をひどい目にあわせる仕掛けをすることを好む。というか、そういう術式しか覚えていないそうで、魔力が多いことをいいことに、それでよしとしていた。一般的にはただの封印の方が簡単なはずだ。

問題はイレーヌの場合、爆発か呪いかの二択だということ。爆発ならば耐える自信があるが、呪いの方は周囲に拡散するタイプだと笑えん。

「しょうがないですね。明日の朝、私も付き合ってあげましょう。封印を解くところまでですが」

ため息まじりに半笑いで協力を申し出られる。

く……っ、おのれ……っ　過去の自分ッ！

「ぴゃー」

ぴゃーではない！

お前も聖獣なら魔族の気配くらい――ああ、もしかして感じていたのか？　あの鳴き声は警告か？　儂《わし》が本に視線をやった時、ぴゃーは鳴いた。いや、だが鼻先一メートルない状態で警告されても困る。

◇◆◇

紺色の空に星が残る。

アリナとイオを宿に残し、暗いうちから町の外に出て、魔物の封じられた本と対峙《たいじ》している。騒いだところで声の聞こえぬ距離、町の誰かがこちらを見ても視界を遮る立木を挟んだ窪地《くぼち》。

「では封印を解きますよ」

夜の明けぬうちから元気なマリウスが言う。こいつは遅寝遅起きだったんじゃがな。ジジイになって早起きになったんじゃろうか。いや、神殿の生活は早寝早起きが基本か。

「封印を斬ってはいかんのか」

「イレーヌにバレますよ。誰の施した封印だと思っているんですか。まあ、あの時飽きていたのは貴方だけではありませんね。この封印は彼女にしては随分粗がある」

そう言いつつ、用心のためか胸から杖《つえ》を取り出すマリウス。何事か唱えながら、朧《おぼろ》に光る杖の先でコツンと本の封印を突《つつ》く。

杖の光が封印に移ったかと思うと、ぐるぐる巻きだった封印がするりと解け、灰のように細かく崩れて風に飛ぶ。

「さて、儂の番じゃ。――水焰《すいえん》」

細かく震え出した赤黒い本を眺めながら、剣を呼び出す。

「ぴゃ～」

「ずいぶんかそけきぴゃーじゃの」

気が抜けるからやめい。

「黒ずんだ金の装飾、己で開こうとする力。割と大物じゃないですかね？」

「もう少し離れた方が良かったか。町から見えるかもしれんの」

そっと始末して、何事もなかったことにするつもりじゃったのだが。

「ぴゃ～」

「なんと、シンジュ様が一肌脱いでくださる？」

「え？」

マリウスが突然何か言い出したぞ⁉

「ぴゃ～」

「なるほど、周囲から見えぬよう結界を張ってくださると？」

ものすごく真面目な顔でぴゃ～相手に喋《しゃべ》っている。

「待て、マリウス。何を言っている？」

まさかぴゃ～と意思疎通を？　ぴゃ～なのに？

ガタガタいいはじめた本に体を向けながら、横目でマリウスを見る。赤の色の混じった本は、開く前に損なうと燃えることがある。ただ燃えるだけならばいいのだが、爆発したり、火があちこちに飛び散り、他の本の魔物を解放したりする。

――後者は本だらけだった塔の中と違って、今は周囲に本もなければ魔物の気配もないが。

「ぴゃ～」

「いえ、シンジュ様の手を煩わせるのであれば、私が」

杖を掲げ、暁闇《ぎょうあん》の周囲に溶け込むような帷《とばり》を降ろす。

儂には何やらあるな？　と思えるだけだが、シャトやイレーヌには、光のカーテンのように見えると聞いたことがある。もっと真面目に強固な結界を張る場合は、ドーム型になるらしい。

それはともかく、その胡散臭《うさんくさ》い笑顔！　本当にぴゃーと会話をしたのか、それともマリウスが儂をからかったのか、どっちだ。

本が開き、書かれた文字が一瞬視界に入るが、すぐに黒いシミのように広がってページを黒く染める。黒はページにとどまらずそのまま溢《あふ》れて、魔物の形を作った。

「九分九厘《くぶくりん》、性格の悪い神官が真顔でからかっとるだけじゃな」

剣を構え踏み込む。

「があああああああっ」

今や儂より大きくなった黒いモノは、巨鳥の形。

黒い部分はまだ手を出してはダメだ、だが町に行かれては困る。悪いが移動手段は奪わせてもらう。

黒から緑へと色づく翼を狙い、一太刀。

「～～～～～～‼」

魔物の叫びにならない叫び。

町に届くほどの叫びはおそらく、マリウスの結界に飲まれ打ち消されたのだろう。狼《おおかみ》や鳥系の魔物の中にはその声で、人を害するモノもある。

「残りの九割一厘は、素晴らしい人格者の神官が聖獣の導きを粗暴な剣士に教えているのですね」

微笑《ほほえ》みを浮かべてしれっと返してくるマリウス。

「分母を増やすな、分母を！」

叫びながらもう一歩踏み込み、赤い羽根冠から一直線に両断。

魔物の姿が崩れて羽根が散る。色が戻ったばかりだというのに焦げたように黒くなって消えてゆく。本の魔物は、姿を残さん。

「ぴゃ〜」

「お見事です、シンジュ様」

「何故《なぜ》そこでぴゃー⁉」

まあ、なんだ。多少強いくらいの魔物では相手にならん。なにせ儂らは勇者一行じゃからの。

「ふふ。さあ、イオたちが起き出す前に戻りましょうか」

「貴様は真顔で儂をからかうのをやめろ！」

一体なんの恨みがあるのか。

「何の話ですかね？　シンジュ様、宿の者にはゆで卵をつけるよう伝えてありますので、好きなだけお食べください」

「貴様、昨夜儂がどんな目で見られたと思って……っ」

宿での夕食、ぴゃーのやつはゆで卵を十個も食いおった。そしてそれは周囲には儂が食っているように見えるわけで……。

「卵ばかり食うでない！　栄養が偏るであろうが！」

「聖獣を相手に何を言っているのですか？　貴方は狼に向かって、野菜を食べろと言うのですか？」

「狼は肉食獣、こいつは雑食だろうが！」

空が白み、朝日が差し込み始める中、並んで町に戻る。動いた後の飯は旨いが、儂の食事の平穏はどこだ！

◇◆◇

「おじい様……」

アリナが涙目でこっちを見上げてくる。

「……」

イオは無言でアリナの肩に手を添え、儂とマリウスをじっと見つめる。

「……うっ」

脂汗をかきそうじゃ！

帰ったらアリナとイオが起きておって、置いていったことを責められている。言葉ではなく、泣きそうな顔で。

二人とも昨日手に入れた本がどういうものかは分かっておる。幼いながら勇者候補、魔物の気配には敏感だ。

イオに至ってはイレーヌの弟子、当然ながら封じの術が師匠のものであることは分かっていたであろう。

「アリナは勇者を目指します。頼りないのは分かっておりますが、置いてゆかないでください」

泣きそうなのは悔しさから。

孫のこの顔は心に刺さる。

「私たちはこの旅を勇者へと至る修行と心得ております。強さはおじ様、アスターのおじ様には及びませんが、自分の身を守る術《すべ》も持ち、逃げるべき時も心得ているつもりです。学ぶ機会をどうぞ奪わないでください」

イオが腰を落として頭を下げる。

儂は二人を、幼いからと守るべき者のがわに置いた。それが悔しく、そう判断されたことが情けない――そう思うほど真摯に、二人は勇者を目指している。

マリウスは魔物に遭う機会はこれからもあるとどこ吹く風、むしろぴゃーのほうがいつもより下にずり下がり、完全にマントの中に隠れておる。

「孫に弱すぎですねえ」

「うるさい！」

アリナと和解のハグをして、宿の朝食。

寝巻きから着替えた二人は、昨日買ったリボンを髪に編み込んでいる。うん、たぶん昨日買ったヤツじゃ。

「二人とも似合っておるの」

にっこり笑いかければ、アリナとイオが嬉《うれ》しそうに笑う。

「ありがとうございます。お姉様が綺麗《きれい》に編み込んでくださいました。私は上手《うま》くできなくって、少し崩れてしまったのだけれど」

はにかむアリナ。

「私の髪も素敵にしてもらったわ。アリナは指がほっそりと綺麗だもの、編み込みも細かいところまで綺麗にできているわ」

アリナの手をとるイオ。

「女性の髪型など、貴方がよく気が付きましたね？」

マリウス。

「……」

正直、自信はなかったが色は覚えとったからの。

「ぴゃー！」

そんなことよりごはん！　とぴゃーが鳴く。たぶんじゃがあっとるじゃろ。

メニューは、目玉焼きとベーコンとベークドビーンズが載ったトースト、でかいソーセージ、焼いたキノコとマッシュポテト。別料金で新鮮な牛乳と果物。

「やはり一皿に載っておりますのね」

イオが盛られた料理を興味深そうに見ている。

辺境に住んでおった儂《わし》は好きにやっておったが、貴族の食事は働くためでも、体に良いという理由でもなく、自らのステータスを誇示するためなことが多い。朝食用の部屋、高い皿、珍しい食材、召使いがついていて、少しずつ供される。なんというか儀式的じゃ。

「私は好き、あつあつですもの」

にこにことアリナが目玉焼きの載ったトーストを口に運ぶ。

「ここのマッシュポテトはいい味ですね」

微笑みを浮かべてマリウスが穏やかに言っとるが、こいつは猫舌なんで他は後回しにしとるだけじゃ。

イオもまだ手をつけておらんので、おそらくイオもじゃろう。血筋か？

「おい、また十個も食うやつがあるか」

儂が見られとるじゃろが！

「ぴゃー」

ゆで卵を完食して満足げなぴゃー。

まあいい、ゆで卵漬けも町にいる間だけじゃ。

「はいよー！　昨日注文の燻製《くんせい》ゆで卵、三十個！」

「な、なに!?」

宿屋の女将《おかみ》が威勢よく声をかけてきて、小さくない包みを机に置く。

「三日以上は腹を壊すよ！　まあ、心配するのは食い過ぎの方だろうけどねぇ」

包みをマリウスに渡し、儂の方を見て言う女将。

「ありがとうございます。約束の半金です」

マリウスが笑顔で対応する。

どうやら燻製はマリウスが手回し良く頼んでおいたものらしい。しかも三十個。

「お前、ぴゃーを甘やかしすぎだろう!?　しかもどう考えても儂が食うと思われとる！」

微妙な笑いを儂に向けた女将が離れたところで文句を言う。

「聖獣様に供物《くもつ》を捧《ささ》げるのは当然のことです」

澄ました顔で茶を飲むマリウス。

「おのれ……っ」

背中で上機嫌の気配がする。マリウスの背中にひっつけばいいものを。

馬屋に寄って町を出る。

「旦那！」

聞いたことのある声に振り返ると、村で魔物を一緒に倒した傭兵《ようへい》がこちらに走ってくるところだった。

「間に合った！　これ旦那の分！」

門を出て、すでに馬上の儂に何かを投げてくる。

「おう、わざわざ届けてくれたのか」

投げられたものをキャッチして傭兵に笑う。どうやらこれは報酬の入った金袋だ。

「またどこかで！」

「またどこかで」

笑顔で手を振る傭兵に振りかえし、前を向く。

「おじい様、今の方は？」

「ちょっと前に、ここから少し離れた村で一緒に魔物を討伐した傭兵じゃ」

アリナに聞かれて答える。

「傭兵さん？」

「うむ、傭兵さんじゃ」

孫は首を傾《かし》げる仕草も可愛《かわい》い。

「この男は人の顔は覚えられても、名前は覚えないたちなんですよ」

マリウスが口を挟んでくる。うるさい。

「数日の間に、魔物を二体……いいえ、シンジュ様とお会いした時にも何体か。魔物が増えているのではありませんか？」

イオが形のいい眉をかすかに寄せる。

「ええ。そろそろ人の反撃の痛みを忘れ、隠れていた魔物が近づいてくる頃かもしれません。ですが、それとは別にこの男が何故《なぜ》か魔物がいる方に寄っていくんです」

儂の方を見て、わざとらしく小さなため息をついてみせるマリウス。

「魔物の気配に敏感、観察力があると言え！」

孫の前で何を言い出すんじゃ。

「全く気づいておらずに、人に化けている魔物の棲家《すみか》に一夜の宿を求めたこともありますよね？」

「あれは全員同意したじゃろが！」

「私とイレーヌは貴方《あなた》たちが気づいていて、討伐のためにわざと選んだのかと思っていたんですよ……」

遠い目をするマリウス。

「困っている者や魔物の情報があれば何とかしようとするシャト。そのシャトに文句を言いつつ、右と左、どちらかに魔物がいれば、何故か必ず魔物がいる方を選ぶ貴方。道中本当にどうしてくれようかと——」

「おじ様……」

イオがマリウスに同情の眼差《まなざ》しを送る。

「たまたまじゃ！」

「ぴゃー」

よし、ぴゃーもたまたまだと言っている！

◇◆◇

朝日を浴びながら魔馬に揺られ、昼は木陰で飯を食い、そのまま木陰で休む。また魔馬にまたがり、葉擦れの音を聴きながら木漏れ日の中を進み、夕刻休むのに良さげな場所を見つければ、まだ陽《ひ》が高くともそこにとどまる。そしてアリナと一緒。

うむ。理想的なのんびり旅じゃ！

「おじい様、昔見せてくださった真ん中の飛ばし方を教えてください」

アリナが細長い葉を持って、イオと揃《そろ》って儂のところに来る。

「ああ、葉脈飛ばしか。その葉っぱは手を切りやすいから、手袋をするんじゃ」

葉脈飛ばしは、真ん中に硬い葉脈を持つ細長い葉でやる簡単な遊びじゃ。

葉脈の左右を裂いて握り込み、硬い葉脈は親指に乗せて空に向ける。裂いた葉を勢いよく引けば、葉脈が飛び出す。

「おお、よく飛んだ。さすがアリナが選んだ葉じゃ」

笑いながら言うと、アリナが照れたように笑う。

可愛いのう。

「ぴゃー」

「お前じゃない」

昼もしっかり燻製卵を食べおって、お前そのうち卵を産むんじゃないか？　腹が垂れ下がっとるぞ？

「孫馬鹿ですねえ」

「うちのアリナが可愛いのは事実じゃろうが」

アリナとイオが葉脈を飛ばし合うのを眺めつつ、マリウスと言い合う。

イオがアリナより飛ばせずムキになっているようじゃ。アリナと張り合って機嫌が悪くなることはないが、ただの遊びを独り言を漏らしながら分析し始めた。

「おぬしに似てるのう。負けず嫌いな上、細かいことまで理詰めで考えたがる」

昔、ただの遊びに何やら妙な数式を持ち出したのが隣におる。

「今では私の方が飛ばせますよ」

「あれは楽しくやればいいんじゃ」

「――楽しかったですよ」

「……まあな」

エスカレートして喧嘩《けんか》になることもあるが、遊びは本気でやる方が楽しい。

「最初の目的地はどこなのですか？」

「――アルテの廃墟《はいきょ》」

魔王の支配域を広げるために行動していた魔物の中で、最初に倒した魔物。

最初の、とつけたからにはマリウスも儂が討伐の旅をなぞる気でいることを、わかっていて聞いてきたのだと思う。

「観光しつつのんびり行くつもりじゃ」

「穏やかな海も見たいですね」

「ああ」

荒ぶって海底の砂を巻き上げる茶色の海しか見たことがないからの。もしくは黒か。

「とりあえず夕飯はどうしますか？　キノコや野草の類は昼に採ったものがありますが」

「今日はこれじゃ！」

猪肉《ししにく》をファデルという大きな葉に包んで数日。猪肉は獲《と》ったばかりは硬かったり、時期によっては臭《にお》いが酷《ひど》かったりするが、この葉に包むと香りが優しくとても食べやすい肉に変わる。

「おや、猪肉ですか？」

葉を開くのを覗《のぞ》き込みながらマリウスが言う。

「うむ。村でもらったのでの」

話しながらそれぞれ準備を始める。

マリウスは火を、儂は肉の切り分けを。薪は野営の場所を決めた時に、周囲の確認がてら集めてある。

陽が落ちて、あたりが暗くなる頃には、赤々と燃える火にかけられた鍋を囲んでいた。

「柔らかい」

「とろけるような、というのはこういうことですのね」

薄く切って煮た肉は、脂が甘く溶けている。豚や牛のあまりよくない脂は、口や舌をおおうように残るが、この猪肉の脂は口をさらりと流れる。

もちろん出汁《だし》は別に入れてあるが、キノコも野草も猪肉から滲《にじ》み出た出汁を吸ってさらに旨い。

「ぴゃー」

「お前はもう卵を食ったろうが」

「ぴゃー」

「これ以上食ったら下半身が垂れ下がるぞ」

すでに卵を食って、腹が重くて伸びとるくせに。

「シンジュ様、こちらを」

椀《わん》に盛った猪鍋を差し出すマリウス。

甘やかしおって。マリウスは聖獣だから太らんし、食の偏りで健康に影響はないと言っておるが、どう考えても伸びてるぞ。

腹一杯食って、それぞれ寝場所を近くに見つけて横になる。柔らかな草の上にマントを敷いて、くっついて横になったアリナとイオからすぐに寝息が上がる。本格的な野宿は初めてだろうが、今日は風もなく暑くも寒くもないので幸いだ。

マリウスとイオとで、結界のようなものを張っているため、寝ずの番は必要がないのだが、何となく焚《た》き火《び》を見ながら起きている。まだ寝るには少々早い時間で、マリウスもカードを持ち出し、暇を潰している。

いや、あれは神官のする占いを模した精神集中の方法だとか、なんか言っておったの。

「……いつの間に」

「どうした？」

「いえ、除《よ》けておいた白のカードが混じっていたので」

「予備のカードか？　また何ぞ書いてやろうか？」

魔王討伐の旅の途中も、マリウスはよくカードをいじっていた。

だがある時、風に飛ばされ、一枚を失《な》くした。その失くした一枚の代わりに、予備の白いカードにシャトが絵を描き、そのあまりの下手くそさに、儂《わし》が○○のカードと書き添えたことがある。失くした一枚どころか、他の残ったカードともかけ離れたカードができあがった思い出、あれはひどかった。

「遠慮します。白は女神ラーヌを表す、これはこれで大事なのですよ。入れた覚えがないのに手札に現れるとは、女神ラーヌの降臨があるかもしれませんね。私がいなければ、ですが」

マリウスが選んだ願いは、『女神の啓示を受けないこと』。マリウスの前に女神が現れることはない。

白いカードを除けて、黙ってカードをきりなおすマリウス。その微かな音と火の爆《は》ぜる音を聞きながら、星を眺める。

不自然に止《や》む虫の声、アリナとイオの寝息、マリウスのカードを手繰る音も消える。マリウスを見れば、カードを手にしたまま目を閉じている。眠っている？

この男が並の魔法にかかるはずがなく、この儂が敵の気配に気づかんはずがない。それに、眠り以外にも儂の周囲の時が止まっているような……。この現象は――

イオの隣で、アリナが体を支える気配もなく起き上がり、そのまま宙に浮く。

音のない世界、草はそよがず全てが動きを止めて。

『勇者、魔女、神官、剣士。なりかけが混ざっておるが、ようやく旅の仲間が揃ったようだ』

聞き覚えのある鈴を転がすような声がする。

声はアリナから出ているが唇は動かず、体全体が白銀に淡く光っている。

「女神ラーヌ、孫娘の体を使うでない」

『勇者の血筋、使いやすいのだ。容《い》れ物の外に出ると、疾《と》く今の私と同化してしまう』

アリナが眠って意識を手放した今、姿を現したのは昔の女神の欠片《かけら》。

魔王が世界にいた当時は、女神さえ影響を受け奔放だった。今のラーヌは感情が抜け落ち、神々《こうごう》しくはあるが親しみづらい。

『魔王へと到《いた》る旅をするのならば、ブラッドハート、ソード、クラブ、オゥルの四つの血は欠かせぬ。それに今回は聖獣も――聖獣？』

「何故《なぜ》言い淀《よど》む!?」

ぴゃーか？　ぴゃーだからか!?

『うむ、いや立派な聖獣じゃ。――聖獣もいることだし、のんびり欠片を集めるが良い。そなたの望みのために』

地に足をつけると淡い光が大地に溶けるようにアリナの体から消える。女神ラーヌは去ったようだ。

虫の音が戻り、ふわりと大気に支えられているかのようにアリナが倒れる。

おい、ぴゃーの聖獣じゃない疑惑が増えたぞ!?

アリナにマントをかけ、寝息を聞く。

ほっぺたがぷにっとして顔に幼さが残る。隣のイオはすでに陶器のようなという形容が似合いそうな顔をしておるが、ほっそりした首筋はやはり幼さを感じさせる。

勇者、魔女、神官、剣士。儂とマリウス、イオは確定。アリナには勇者の素質と、儂と同じ剣士の素質があるのは分かっていた。できれば後者、儂の剣士を継いで欲しかったが、女神の降臨と言葉で確定してしまった。

勇者は神々を降ろす器でもある。

もう少し守られる子らでいてもらいたいんじゃが、朝に釘《くぎ》を刺されている。今代は魔王討伐はないと言われているが――。

「……」

マリウスが身じろぎをする。

眉間に綺麗《きれい》に揃《そろ》えた指を当て、目眩《めまい》を堪《こら》えているかのような仕草。

「どうした？」

おそらく女神に強制的に眠らされたため、一瞬自分がどこにいるのか、何をしているのか分からなくなったのだろう。

予想はつくが、言葉には出さない。

「いえ……。私はもう休みます」

腑《ふ》に落ちない顔のままカードをしまい、寝床を整えるマリウス。

野宿は久しぶりじゃろうに、慣れたものだ。

「ぴゃー」

「うむ。儂らも寝るとしよう」

木の幹に寄りかかり、剣を抱えて——ぴゃーを腹に抱えて眠る。

◇◆◇

翌日。

「おじい様……」

「申し訳ありません。淑女として、このような姿を晒《さら》すなど……」

横たわったままぷるぷるしているアリナとイオ。

「初めての野宿、仕方あるまい」

柔らかなベッド以外で初めて夜を明かした二人は、どうやら体が痛くて起き上がれないようだ。

寝相のいい二人は寝返りも少なく、もしかしたら痺《しび》れもあるやもしれぬ。

「回復をかければすぐ治りますが、これからもありますし、慣れておいたほうがいいでしょうね」

「確かに寝起きで毎度、魔法をかけるのもな」

マリウスに同意する儂。

「その程度の魔力、使ったうちには入りませんわ」

「今は平気ですが、敵がいる領域などで魔法を使用すると、居場所を教えてしまうこともあるのですよ」

回復をかけようとするイオを窘《たしな》めるマリウス。

「少しずつ体を伸ばして血を巡らせよ。動けるようになった後なら魔法を使ってもかまわんじゃろ。マリウスも慣れるまでは回復を使いまくっとったからの」

儂の言葉にすっと視線をそらすマリウス。

二人とも慣れていないだけじゃ。ただ、すぐ治してしまうのではなく、魔法を使えぬ場合もあるので、他の回復方法を知っておくことは必要だ。ついでに自分の体の状態が、何をしたらどうなるというのを知っておくことも。

朝飯は燻製《くんせい》卵とパンとチーズ。猪《いのしし》の脂身を細かく切って、その辺の食べられる草を加えたスープ。

なお、燻製卵はぴゃーも他のものを食べたがったため、代わりに没収したものだ。

「さて、出発じゃ」

魔馬に乗り、街道をゆく。

「種を蒔《ま》いているのですよね？　それでいいのですか？」

儂の腕の間からアリナが見上げてくる。

今日は、儂の魔馬に一緒に乗っている。せっかく一緒の旅じゃ、たまには一緒に乗りたい。

「うむ。この野菜の種のうち、いくつかが根付けば良い。他は鳥や動物たちの餌じゃ」

「本当にばらまいているだけですが、これでなかなか根付くものも多いのですよ」

マリウスも街道の反対側の森に向かって、馬上から種を広がるように投げている。

いい加減でお手軽じゃが、こうして余裕のある旅人が街道沿いに野菜の種を蒔く。

「街道を行く旅人が食べられるように、ですよね？」

アリナが種を蒔くことの意味を確認してくる。

「今はそれが主な目的ですね。始まった当時は単純に豊かな森が欲しかったのですよ。魔王がいた時は作物が実らず、食料になるものを探して、荒れた森を人がさらに荒らしましたから。国や神殿で植樹も多少しましたが、手が回らず荒れたままの地も長く残っていたのです」

マリウスが答える。

「実際、旅人にはありがたい習慣だ。今朝食べたスープの草、あれも大根の葉じゃ」

「大根の？　本で見たものと随分違います」

イオが不思議そうにこちらを見る。

「きちんと手入れをすれば、葉ももう少し上に向かって大きく綺麗に生えるんじゃがな」

森の中に生える大根は、タンポポのように地面に広がって生えて、そしてゴワゴワ、野菜として可食する根の部分は細くおおよそ大根とは思えない。

それでも旅の間、安心して食えるものが手に入るというのは大きい。

「ほれ、もっと根付き易《やす》いものもあるぞ。投げてみろ、これはなるべく遠くにじゃ」

種を包んだ小さな泥団子、泥で包めば根が出て芽が出るまで、小動物に食べられる心配が減る。

「はい」

嬉《うれ》しそうに泥団子の入った袋を受けとる。

見るとマリウスもイオに種の袋を渡し、面倒ごとを押し付けてやった、みたいな顔をしている。

「これはなんの種なのですか？」

「チシャじゃの」

「チシャさん、美味《おい》しく育ってください」

笑顔で手に乗せた泥団子に願い、森に向かって投げるアリナ。

さすがというか、大人顔負けの飛ばしっぷり。イオの投げた泥団子が放物線を描いて、すぐ近くにがさっと落ちた音を立てるのに対し、アリナの投げたものは真っ直《ます》ぐ木々の間を抜け、軌道上にある葉をちぎり飛んでいく。

いやこれ、木に当たったら泥団子が砕け散るんじゃないのか？　なるべく遠くにといったのは儂《わし》じゃが。

◇◆◇

森の中、少しだけ開けた陽光の照らす草原。

イオの手から杖《つえ》が飛ぶ。

「お姉様！」

それに驚き、心配してアリナが小さく叫ぶ。

「よそ見をするでない」

アリナの剣を搦《から》め捕るようにして落とす。

「あ……」

剣から離れた自分の小さな手を見て、小さく呟《つぶや》くアリナ。

「どれ、休憩にするか」

半刻《はんとき》ほど打ち合って、剣をしまう。

「ありがとうございました！　やっぱりおじい様はお強い！」

途方にくれたような顔から一転、笑顔でアリナが礼を言ってくる。

ぷにぷにのほっぺたに眉をよせて真剣な顔で剣を振るう孫も可愛《かわい》いが、弾《はじ》ける笑顔も可愛いの。遊びから剣を好きになる過程ならともかく、アリナは真面目に剣の修行中じゃから口には出さんが。

「力負けをするなんて。魔女の弟子として失格ですわ」

イオが杖を拾って絶望的な顔をしている。

「スイルーンは今代の剣ですよ。体も全盛期のようですし、多少の後押しで対抗できると思っている方がおかしいですよ」

マリウスが読んでいた本をパタンと閉じる。

「愉快な格好ですがね」

そして余計な一言。

「ぴゃ～」

同意するな、お前だお前。儂が愉快なことになってる原因は！

相変わらず寝る時と食う時以外は背中にしがみついて離れない。戦闘中、手足はがっしり踏ん張っとったが、尻尾があっちへ行きこっちへ行きぷらぷらと。

剣の打ち合いはアリナと儂。ただ、イオの修行も兼ねてアリナに身体強化、身体増、闘気などの魔法を目一杯かけていた。

身体増は、対象となる本人は通常通りだが、体を重くする魔法だ。小柄なことが有利に働くこともあるが、さすがにアリナは軽すぎる。普段は速さと踏み込みの強さで、剣に力をのせているようだが。

闘気は、気迫を相手への物理的な圧に変える魔法。魔法を使わずとも、儂もアリナも似たようなことができるのだが、アリナのそれをイオが魔法でさらに後押ししていた。

儂が圧を弾き飛ばした結果、イオの杖も弾き飛ばされたのじゃが。

「おや、本命が来たようですよ」

マリウスが木々の先に目を向ける。

「おじい様、私が」

「私も」

アリナとイオが前に立つ。

ここに来たのは魔物の討伐のため。住人の話では、この森に棲《す》みついた魔物の姿は牛に近く、気が荒くて足が風のように速い。人の声を聞きつけると、まっすぐ走ってきて撥《は》ね飛ばし、咥《くわ》えてそのまま走り去ると言う。

「足止めは不要ですわよね？」

「はい。あちらに勢いがあった方が都合がいいです」

イオの確認にアリナが頷《うなず》く。

今回のように接近が速い敵相手には、よく敵と味方の間に薄い膜のような魔法を使い、勢いを殺すことが多いのじゃが、今回それは行わぬようだ。

「参ります！」

普通の牛より一回りほど小さく、足の太い魔物が立木から姿を見せた。あっという間に距離が詰まる。

アリナが踏み込み、魔物と剣が交わる瞬間イオがアリナにかけた魔法を強化する。

アリナの吹き飛ばされそうな小さな姿は、さらに一歩前に。魔物は上半分をアリナのそばに残し、後方に駆け抜け、やがて倒れた。

核が壊れた印に黒い靄《もや》が上がる。

「お見事」

ほぼ真っ二つになった魔物を見て、気がない声音で言うマリウス。

だがその顔は、ほのかに口《くち》の端《はし》が上がり笑みを浮かべている。

魔物を見た時から、実力的に慌てなければ二人なら大丈夫と分かっていた。分かっていたが、孫や孫の歳《とし》の子供を魔物の前に立たせることは、嫌じゃ。全部自分で倒してしまいたい。

もしアリナたちが不覚をとったら、儂が間に合わなかったら。——しなくていい心配もする。それでも飛び出さずに見ていられたのは、マリウス《こいつ》がいるからじゃ。多少の、いや大怪我《けが》を負ってもこいつなら一瞬で綺麗《きれい》に治す。

「よくやったの」

儂の元に走ってきたアリナを抱きしめる。

「お姉様のおかげです」

「イオも」

アリナの頭をなでながら、イオに目を向ければ、スカートの端をつまんで軽く腰を落とす。

「さて、解体はどうするか」

この魔物はほぼ元の姿を保っている。

人の生活圏に近い場所に出る魔物は、体を残すものが多い。魔王がいなくなってからは特に。

「今日はよろしいでしょう。陽《ひ》が暮れますよ」

そう言いながらマリウスがアリナとイオに清浄の魔法をかける。

特に返り血も浴びておらんが、儂との手合わせで汗をかいたからじゃろう。清浄は体や服の汚れ、雑菌を落とす。

普通は長旅での中、清潔を保つことは難しく病にかかったり、傷が膿《う》むことも多い。

以前の旅でもこの魔法は小まめにかけてくれた。なにせ本人が風呂《ふろ》に入れんことに一番キレとったからの。

「私が運びますわ」

イオが箒《ほうき》や盥《たらい》のように浮かせて運ぶことになった。

町への道中、街道では何人かがギョッとした顔でこちらを見た。本来はもっと人が行き来する道なのだが、この魔物はこの道を横切ることが多く、人が避けるようになってきたところだ。

森の魔物が討伐されたよい宣伝じゃ。滞りがちになっていた町への物流もこれで元に戻るじゃろ。

「真っ二つ……」

「少女と魔物の上下……」

「美少女二人と魔物二つ……」

……。

街道で行きあう人の声が聞こえてくる。儂とマリウスは斬られた魔物を見慣れておるので、全く気にしておらんかったが、もしかして絵面がひどい？

「──魔物の血にも内臓にも、動じないというのも変ですね」

誰が、とは言わずマリウスがつぶやく。

「女神の影響か」

「魔物にだけ、ですしね」

女神ラーヌ・シャルドネに選ばれた者は、魔王トーラー・バルベーラの眷属《けんぞく》を殺すことにためらいも罪悪もない。

「それはともかく、私たちの感覚も早急になんとかしないといけません」

そう、ズレているのはアリナとイオだけではない。

真っ二つにされて浮いている魔物、その隣で二つを一定の高さで揺れなく運ぶことに集中しているイオ、さらにその隣でイオをにこにこと見ながら褒め称《たた》えているアリナ。そしてその後をついていく青年の儂とジジイのマリウス。

先ほどまで何の疑問も持っておらんかった！

「そうじゃな」

「ぴゃー！」

ぴゃーの同意と道ゆく人の視線が痛い。


二人の警邏《けいら》と街道の途中で遇《あ》う。いや、儂らにとっては予定外の遭遇だが、警邏は入った知らせを聞いて儂らに話をわざわざ聞きにきたようだ。

「倒していただいてこんなことを頼むのは恐縮なんですが、お手間がなければ魔物は街道の上ではなく、こちらに寄せていただけますか？」

笑顔を張り付けて年嵩《としかさ》の方の警邏の一人が言う。

「……血が……」

若い方の警邏が儂らの後を遠い目で見ている。

街道に点々と血が滴《したた》った跡。うむ、もう大分歩いたからぽつぽつと垂れとるだけじゃな！

「失礼する」

断面を見せていた魔物二つに、使い古された荷を包むための布がかけられる。

「この辺りではアヒルや鶏などの家禽《かきん》しか飼っていませんので、特に若い世代は見慣れぬものでし」

すまなそうに年嵩が言う。

いかん、どんびかれておる！

牛や羊を飼って食う、猪《いのしし》や鹿を獲《と》る生活圏ならばともかく、免疫がないか。大きな魔物を見ることも稀《まれ》になった。それに、この魔物の未《いま》だ散じぬ魔の気配も恐れられている理由かもしれん。

魔王討伐の途次《とじ》は、倒した魔物を見せるということは人々の安心につながった。傭兵《ようへい》たちも、自分たちの強さの誇示《こじ》を兼ねて、大きな強い魔物ほど倒した後に大勢の人の目に触れるよう、隠さず大通りを歩き、広場で展示や解体をしたもんじゃが——。

「時代は変わりましたね」

ぼそりとマリウスがつぶやく。

魔物は布で衆目から隠され、街道の際の草むらの上を運ばれる。

「平和になった証拠、いいことじゃ——と、言いたいところじゃが、少々早すぎる」

倒した魔物を見ないようにしようとも、実際危険な魔物はまだまだいる。

昨年はヒドラが隣の国に出た。今回倒したクラスの魔物は、ヒドラより弱いとはいえ遥《はる》かに出現率が高い。それらを倒すため、備えるために儂《わし》の孫娘、アリナも剣を取っている。

「どうも地域によって魔物に対する温度差が激しいようですね」

町に向かい、歩きながらため息をつくマリウス。

若い警邏は一人町に走り、一人は後ろからついてくる。

「王宮には、薔薇《ばら》の棘《とげ》に傷つき、指先に血が盛り上がるのを見て気絶されるかたもおられます。それでも戦いに赴く方々のために祈り、加護の刺繍《ししゅう》を。私は剣を帯びる方が戦うべき時に戦わずにいるのは軽蔑いたしますが、戦いに向いておられない方が、剣を取らずに済む世界は幸せです」

イオが前を向き表情を変えないまま話す。

実際に戦うことを知らぬ者たちも、戦う者たちにきちんと想《おも》いを馳《は》せていることを伝えつつ、どうやら今の平和を作り出した儂とマリウスを遠回しに労《いたわ》っているらしい。

回りくどいのは、マリウスの一族の血か？　まあ悪い気はせん。

「おじい様たちは素晴らしいです！」

笑顔のアリナ。

うちの孫は可愛《かわい》いのぅ。

「ぴゃー」

うむ、ぴゃーもそう思うか。うちの孫は可愛い。

◇◆◇

広場で町の人々に魔物を見せることはなかったが、代官の屋敷《やしき》の庭で、騎士たちに囲まれ、アリナとイオが賞賛を受けている。

「見事な斬り口です！」

「我ら、この魔物の速さを捉えることさえできずにいたものを」

「ここまで魔法で運んでこられたとか。制御が下手で、私にはとても。その歳《とし》でゆらめかせることなく、一定の高さを保つことができるなんて……っ！」

魔物の様子を詳細に見ては何やら言い合う者たち、アリナとイオに話を聞きたがる者たち。魔物の隣、酒と料理が出されている。

「骨も肉も……硬さの違うものをこうも綺麗に斬れるなんて！」

「素晴らしい……っ！」

二つになった魔物を覗《のぞ》き込み、仔細《しさい》に見ては感嘆の声を上げている。うむ、うちの孫は素晴らしいのじゃ。

「魔石も綺麗に真っ二つに！」

いや、それは価値が……。どうやら核も魔石も体の中心線にある魔物じゃったらしい。

「これでペアのイヤリングにしてはどうでしょう？　同じ石の半分なら色も形も揃《そろ》う」

魔物の商業的価値をはかれる者も交じっているようだ。

「あの魔物の対処のために、領主様に派遣していただいた騎士と魔法使いの方々です。代金はこれから用意させていただきますが、買い取った魔物は後学のため解体し性質を学び、絵姿を残します。ここでお伺いしている魔物とのやりとりも記録させていただきます」

おだやかそうな代官が言う。

ここにいる魔法使い――いや、魔法使いと一般に呼ばれる者たちは、魔力も魔法を使う能力も低い。魔女イレーヌとその魔力を与えられたイオは特別じゃ。強力な魔法を使える魔女はいつも一人だけ、ちなみに男であっても何故《なぜ》かその一人は魔女と呼ばれる。

ちょっとした魔法を使える者は多いのだが、魔女――オゥルの血は薄まり、女神から与えられた力は弱まっていると言う。

王家や公爵家では血を濃くするために色々しとるため、マリウスやイオのように魔力が多い者はよく出るのだが、魔力が多いからといって強力な魔法が使えるということでもないらしい。

シャトは魔法はイマイチだったし、マリウスは治癒や守り、結界といった神殿魔法については強力だったが、攻撃の方はイレーヌの足元にも及ばなかった。

「町の様子に不安になったが、魔物への対処はまともじゃの」

アリナやイオを幼いと侮《あなど》ることもない。

「民は平和に、戦うのは貴族や騎士だけでいいという考えが、貴族たちの流行《はや》りです。もっとも魔物を森で追って、矢の一本も当てられない不甲斐《ふがい》なさでしたが」

少しおどけて代官が言う。

「罠《わな》も避け、人を襲う時も決して止まらないと聞いた。あの勢いでは、よく使われる魔法の膜も普通では速さを殺せんじゃろ」

イオやイレーヌならば強い膜を突っ込んでくる魔物の前に作り出し、動きを止めることも可能じゃろうが、少々魔法が使える程度の者では、作り出した膜は濡《ぬ》れ紙のように簡単に破られるだけだろう。

「魔法を使う者を集め、五枚以上の膜を張ることをお勧めしますよ」

マリウスが言う。

「なるほど。参考にいたします」

メモを取り、魔法使いと騎士に早速話にゆく代官。

「久しぶりの魔物との対峙《たいじ》、戦いはともかく、その後の対処はだいぶ変わっていますね。

戦時と平時で違うことは分かっていたつもりなのですが……」

自分自身を常識人だと思っていたらしいマリウスが、珍しく困った顔をしている。

諦めろ、お前もこっち側じゃ！

◇◆◇

代官の家に宿泊すること二日。

儂やマリウスはいいが、アリナとイオには休息がたっぷり必要じゃ。風呂《ふろ》に入って、夜露をしのげる屋根のある部屋、清潔なベッドで眠る。

昼間は騎士と魔法使いに実践的な戦い方について、教え教わり過ごす。——アリナとイオが。今までの修行の環境がそうだったため、二人は騎士たちに囲まれることに慣れておる。

代官の家は代々続く古い家だそうだ。話を聞くと、領主の家よりも血筋がいい。領主が交代しても、代官として代々この地を見て来た家系だそうだ。

町の者たちにも慕われているようで、おそらく他の者を立てても、この場所の経営は上手《うま》くいかないだろう。

「それはさぞ古い伝承や書物をお持ちでしょうね」

にっこり笑うマリウスの圧に、家系図や土地の伝承を集めた書物の閲覧を代官が許可した。

当然ながら部屋からの持ち出しは止められたため、現在マリウスも代官の家にこもっている。

儂は一人で町をふらつく。

書物でしか得られん知識があるというが、実際に見て聞いてしか得られない知識もある。というか、こんないい天気になんで部屋にこもっておらにゃいかんのじゃ！

せっかく書類仕事から解放されたというのに、なんで本なんか読まにゃならんのじゃ！

町は古い建物がよく手入れされ、通路も住民たちによって掃き清められている。広場には女神の神殿に手向けるためか、花を持った人々がちらほら。

朝に祈りを捧《ささ》げに行く者が多いが、朝暗いうちから働く者は、昼の時間に抜け出して祈る者もいる。

王都は人が多く雑多で入れ替わりも激しい。逆にこの町は小さく古くから住む人たちが多く、安定し変化の少ない町なのだろう。建物の様子からして、魔王出現時もおそらく大きな被害は受けてはいない。

女神の影響が大きい町じゃな。世界中に薄く広がった魔王の残滓《ざんし》が、女神の気配に追いやられ、押しつぶされ、濃くなっておる場所もある。

やはり、整ったのが少し早すぎるように感じるの。魔王の残滓が人の気配のない場所に漂ってゆくか、緩やかに消えてゆく間もないようじゃ。

「ぴゃー」

神殿を横目に、広場を横切ると良い匂いが鼻に届く。

そしてその匂いに儂が気づく前にぴゃーが鳴く。

こいつは本当に聖獣なんじゃろうか？　まあ、儂もそろそろ何か腹に入れたい。

匂いにつられて、店に入る。良い天気のせいか店の外、広場に並べられたテーブルと椅子はいっぱいじゃが、店内はなんとか空きがあった。

「今日はミートパイとソテーだ。すぐ出せるのはミートパイ、どっちがいい？」

店主に料理を頼んでから座る仕組みだ。

「両方頼む」

「酒は？」

「もらおう」

王都と違い、大抵の食堂はその日にできる料理を一、二種類しか作らない。場所によってはすぐ出せる煮込みだけ、ということもある。

「ああ、すまん。別に金を払うから、ゆで卵はできるか？」

ぴゃーが背中でもぞもぞするので聞いてやる。

できるとのことなのでそれも頼み、そのまま、カウンターの空いた席に座る。席に着くとすぐに酒とミートパイが持ってこられた。

「ぴゃー」

ぴゃーが膝に移動して来て、ミートパイに向かって鳴く。

「まて、儂が一口食ってからじゃ！」

動物は食う順番が序列じゃ。

ミートパイはまとめて焼かれ、熾火《おきび》の燻《くすぶ》る窯にしばらく入れられていたのか、少々ぱさつく。上にケチャップがたっぷり、中身はソースが絡《から》んだ鶏肉《とりにく》に、ゆで卵が一つ。――ゆで卵の注文はいらんかったの。

牛肉か豚か、そっちの肉じゃと思っておったが、よく考えたらこの町は肉は鶏しか食わんようなことを言っておったの。出来立てはこれより旨《うま》いんじゃろうか？

「ほれ、食え」

皿を近づけると、あっという間に食い尽くす。

口はそう大きくないように見えるが、食うのが早い。今まで見て知った動物とは違う、謎の仕組みをしておる。やっぱり聖獣なんじゃろうか？

とりあえずケチャップのついた顔を拭ってやる。儂《わし》の背中につけられてはかなわんからの。

酒はビールで、こちらはなかなかうまい。これはぴゃーにはやらん。

酒を飲みながら周囲の話を聞くとはなしに聞いている。

話題は出没していた魔物、少女たちが倒したこと、街道が血まみれだったという尾鰭《おひれ》。商売の話、他の土地の魔物の話。魔物の素材を使った新しい道具、どの道が安全か、どの町で何が欲しがられているか。畑に蒔《ま》く種の話――

飲んでいる間に、鶏肉のソテーとパンに緑色のディップが塗られたものが届く。このディップはねっとりとしていてバターとチーズの中間のような味がする。正体は、この町でよくとれる果物。

そのままでは味が薄いが、焼くと味が変わるそうで、このディップも一度焼いてから潰しているそうだ。

添えられた野菜が少々焦げ気味なのが残念じゃが、ソテーは皮がぱりっと仕上げられ、肉の汁気も多く申し分ない。

こちらも半分ぴゃーにやる。ぴゃーがいていいところは、色々な料理が少しずつ食えるところじゃの。代わりに儂が落ち着いて思う存分食うとなると、こいつが茄子《なす》のようになるまで先に食わせねばならんが。

魔物を倒し運んだ儂らの噂話《うわさばなし》は、好意的なものが多かったが、街道の惨状なるものが尾鰭《おびれ》背鰭《せびれ》がついて泳ぎ出しておったので、次回は気をつけるとしよう。

ただ問題は、どう気をつけていいか儂がわかっていないところじゃ。

◇◆◇

「旦那？」

「ん？　おお――」

呼びかけられた気がして、声のした方を向けば入り口近くに傭兵《ようへい》がいた。

名前はなんじゃったかの？　猪肉《ししにく》をもらった村で一晩一緒に過ごし、猿の魔物を倒した仲じゃ。

「タインだ」

儂が言葉に詰まったのを察して、名乗ってくれたようだ。

「どうしたんじゃこんなところで」

「職探し中。おう！　こっちにも酒と料理たのまぁ！」

肩をすくめて言い、半身を捻《ひね》って店内の喧騒《けんそう》に負けない声で店員を呼ぶ。

「パイよりソテーの方が旨かったぞ」

「知ってる。朝に来りゃ、出来立てで旨いんだがな」

「ほう？」

どうやらこの町にも詳しいようだ。傭兵らしくあちこち渡り歩いているのだろう。

「ここの魔物の噂を聞いてきたんだが、一足遅かったな。倒したのはやっぱり旦那かい？」

言いながら、カウンターの儂の隣に腰かける。

「倒したのは儂の――連れじゃな」

孫娘と言いかけ、思いとどまる。何歳の時に子を作ったとか言われそうじゃからの。

「旦那みたいに強いのが他にうろついてんのか。商売上がったりだ」

カウンター越しに出された酒を受け取り、注文をすますタイン。

「自慢ではないが、同じように強い者は稀《まれ》だと思うぞ」

なにせ勇者一行二人と、勇者候補、魔女候補じゃからな。

「旦那、これからどっち行くんだ？」

「なんじゃ？　気になるか？」

「仕事探しに逆方向に行こうと思ってね」

魔物を倒すことで金を取るのなら、それが妥当じゃな。

「そういえば、報酬のこと改めて礼を言う」

「たまたま間に合っただけだ。あそこで別れておいて、すぐに会うっつーのもちと恥ずかしくって、声をかけようか実は迷った」

笑うタイン。

「それにしてもゆで卵、本当に好きなんだな」

「ぴゃー」

「……」

酒の入ったジョッキを傾けたまま、固まるタイン。

……もしかして、ぴゃーの返事が聞こえたのか？　ああ、そうか返事だから？　ぴゃーが返事をしたのなら、相手に聞こえねば、返事にはならん。

タインの視線は儂の顔、そして逸《そ》らされる。

待て、その反応！　確実に儂が変な声を上げた気がするけど、気のせいだと思おうとか、聞かなかったことにしようとか、そういうあれじゃな!?

違う！　ゆで卵を食うのも変な声を上げたのも、この膝の上のぴゃーじゃ！　って、この状況でゆで卵を食うでない！

タインが前を向いて酒を飲み始めた。

「……ここだけの話じゃが、ゆで卵を食っとるのは聖霊じゃ。儂ではないぞ」

保身に走る儂。

聖獣と言わなかったのは、タインに見えておらず聖霊のほうが通りがいいからじゃ。聖獣は普通、このような雑多な場所にはいない。

では聖霊はいるのかと言われると微妙じゃが、好奇心旺盛なモノは姿を消したまま、一時的に寄ってくることもあるので、聖獣よりは可能性がある。

通りすがりの二度と会わぬような者には多少の誤解を持たれても構わんが、この縁がある傭兵に、しかも現在隣にいる状態で誤解されるのは微妙じゃ！

「そうなのか？」

「そうじゃ」

その気のない返事、信じてない、信じてないな？

相変わらずぴゃーは聖獣の力をこのしょうもない偽装に使っておるので、儂が食ってるように見えているのじゃろう。目に見えるものを信用するのは仕方がないこと。おのれ、ぴゃー！

「そういえば宿は決まっておるのか？」

「食い終わったら、ここの上が空いてるか聞くつもりだ」

食堂の二階は宿屋であることが多い。

ソテーを受け取って、食い始めるタイン。健啖《けんたん》家のようで、大ぶりに切った肉をあっと言うまに胃に収めてゆく。

「代官の屋敷《やしき》に一緒に来ぬか？」

「魔物がいないんじゃ、仕事にならねぇ。代官と顔を繋《つな》いだってしょうがないだろ」

ソテーを飲み込み、言う。

「いや、儂の旅の仲間から了承が出たらじゃが、次の町に移動するまでの期間、仕事の依頼をしたい。どうせ街道が分かれるのは先じゃろ」

猿の魔物を倒した村、報酬を受け取った町からこの町まで、同じ街道が続いている。もちろん枝道もあるが、それは小さな村などに続く道だ。この先大きな街道の別な道が交わるのは、次の大きな町になる。

「旦那も旦那の連れも強いだろ？」

酒を飲んで答えるタイン。

「護衛の仕事ではない」

「荷物持ちかなんかか？」

「儂ら四人に常識を少々教えていただきたい」

まずどの行動がおかしいのか、そこから頼みたい。

「……」

少し頭を引いて、胡乱《うろん》気な目でこちらを見てくるタイン。

目を逸らさずタインを見る儂。良い印象を持った者との二度目の再会、縁があるのなら大切にしたい。

ぴゃーが背中に戻るため、儂の膝から胸をよじ登り、儂の顔半分を柔らかな毛で埋めながら肩を伝って背中に戻る。……お前、少しはタイミングを考えろ‼

「俺は傭兵だ。町に定住しているやつらとは、感覚が違う。俺が指摘できることと言ったら、旦那の口調が歳《とし》に不似合いなところくらいだぞ？」

タインが困ったように頬を掻《か》く。

「口調……」

「じい様にでも育てられたのか？　旦那の年齢にはそぐわねぇ」

いや、儂は立派なじい様で……。

「……」

「飯を食うのがやたら早くて驚くが、まあ、男の早飯早支度は芸のうちって言うし」

それはぴゃーじゃ！　肩をすくめるタインに心の中で叫ぶ。

「……顔合わせがうまくいくようならば、とりあえず次の町まで一緒に行動し、忌憚《きたん》のないところを頼む」

「どうせ向かう先は一緒だし、俺としてはそれで稼げるならいいけどよ」

そういうことでまとまり、代官の屋敷へ。

かたっ苦しいのは好かないと言うので、タインの宿は飯屋の二階にとった。

町をぷらぷらするつもりでいたが、顔合わせが優先じゃ。それでも来た時とは別な道を通る。

人気《ひとけ》のない路地、左右の家々の前には派手ではないが可愛《かわい》らしい花々が植えられ、素朴な町を彩《いろど》っている。小さな花が風に吹かれてゆらめき、壁を伝う蔦《つた》がさわさわと音を立てる。

花を育て愛《め》でる余裕がでてきたのはいいことじゃ。そう思っているとふいに視界が歪《ゆが》む。

石畳は無事、じゃが先に続く路地はねじれ色が混じって見える。

歪んだのは儂の視界ではなく、目の前の空間そのもの。

急に魔の気配が濃く凝《こご》る。

「む」

「陽炎《かげろう》……じゃねぇな」

タインが剣の柄に手をかけ、すぐ抜けるよう鞘《さや》の金具を親指ではじく。

「ぴゃー！」

疑惑の聖獣、お前今まで満腹で寝てたろ！　遅いわ！

「空間が歪むのは、転移か魔王の気が集まった魔物の生まれる前兆じゃな」

魔物と呼ばれるモノは、元からこの世界にいるモノや、魔王の気が凝って新しく生まれるモノ、取り憑《つ》いたモノなど様々だ。

――まあ要するに魔王の気が強い、人を襲うモノたちは全部魔物じゃな。

「誰か転移してくるなら、このような街中は選ばんじゃろうし、そもそも空間を繋いだ後にここまで時間はかからん。――水焔《すいえん》」

儂《わし》の声に呼応して、左の手のひらから剣が浮かび上がる。

「魔王はもういねぇだろ？」

「まだ魔王の気は薄く世界に残っておる。それがより集まったのじゃろうよ」

昔は魔王の気が多くて魔物が生まれ、今は還《かえ》る場所がない魔王の気が、何かの拍子や条件で凝って魔物が生まれる。

「このタイミングで濃くなんなくてもよくねぇ？」

嫌そうな顔を歪みに向けたまま、タインが言う。

すまんな。儂が出歩くとよくこういうことにゆきあたるんじゃ。儂が出歩かなくても生まれてたじゃろうし、すぐ始末できることは幸運だと思って諦めてもらいたい。

一つだった歪みは色を持ち、ぐねぐねと動いて二つに分かれ形を作ってゆく。

「話に聞いたことはあったが、妙なもんだな。二匹か？」

「こっちが二人じゃからな。コレは近くにあるものの姿を写す。それも動かんものより動くものの姿を優先する。一匹任せたぞ」

「あいよ！　斬りゃあいいんだろ？」

平《たいら》な歪みが空間から抜け出すかのように、立体に変わったところで一閃《いっせん》。

まだ世界に馴染《なじ》まず、実体を持たない生まれたての魔物は、簡単に散って形も残さない。

遅れてタインの攻撃の剣風が起こり、もう一匹も姿を消す。

「もう新しい魔物は生まれねぇのかと思ってたぜ」

ため息をつきながら剣をしまうタイン。

「この町は早く整い過ぎた。魔王の気が十分薄まる前に女神ラーヌの気が満ちて、混ざることも消えることもできずに集まってしまったのじゃろう」

儂も水焔をしまう。

バタン、と音がして近くの民家の扉が開く。タインがびくっとして、そちらを見るが、出てきたのはその家の住民らしき女性。

慌てたように歩き始めた女性にすれ違う時会釈《えしゃく》して、こちらも歩き始めるようタインを促す。路地に人の気配がないと思っていたが、住人たちは自覚がないまま魔王の気を避けていたのかもしれない。

「これ、倒してもまた集まって魔物になるのかね？」

「可能性がないこともないが、散ったものは女神の気と混じって落ち着くはずじゃ。まあ、強い奴《やつ》は別じゃが、簡単に散らせるようなのは、もう一度集まることはない」

魔物が生まれる場面を他の誰も見ておらず、体も残らんのでどこからか報酬がでることもないじゃろう。タインはタダ働きになったの。

「旦那、詳しいな」

「本職じゃからの」

「俺も本職なんだがな。旦那は魔物特化か」

傭兵《ようへい》は魔物の討伐依頼も受けるが、人同士の争い事にも雇われる。

「まあな」

一応、領地を治めたり貴族の仕事もしておったが、そっちは今は引退したしの。

その後は何事もなくすぐに代官の屋敷に着く。

代官の侍従と家宰を兼ねる秘書のような者に断り、タインを中に入れる。

まずはマリウスのいるだろう図書室に向かい、目当ての人物を探し当てる。探すと言っても、図書室の中は壁一面本棚ではあるものの、身を隠すような独立した棚はない。

「貴方《あなた》は門で金袋を投げてきた……」

「よく覚えておるな」

一瞬見ただけだろうに。

「スイと違って、まだ頭は確かです」

「儂とて頭ははっきりしとるわ！　老人扱いするでない」

「ふむ、確かに。歳を重ねた落ち着きとも程遠いようですしね」

おのれ、ああ言えばこう言う！

「騒がしくてすみませんね。初めまして」

ひとしきり言って満足したのか、儂からタインに視線を移す。

「あー、初めまして。俺はタイン、この旦那の仕事依頼前の面通しに来たんだが……」

「依頼？」

そう言って儂を見るマリウス。

「次の町まで移動するのはタインも確定での。それまでの間でいいから、少し今の町での一般常識を教えてくれんか頼んだんじゃ」

「一般常識……」

ついっと目を逸《そ》らすマリウス。

「いったいどういう集まりなんだか知らねえが、俺も流れ歩いてるからな。旦那にも言ったんだが、町で落ち着いて暮らす人たちとはどうしてもズレるぞ？」

儂に言ったことをタインがマリウスにも伝えたが、当面の行き先が一緒ならばということで大人たちで話がまとまった。

次は子供たち。急を要するならともかく、旅の仲間の意見は平等に聞かんとな。

館を出て、兵士たちと鍛錬を行う二人の元へ。鍛錬場では、多数を相手に立ち回る二人の姿。

「街道で会ったヤツらから噂話《うわさばなし》は聞いてたが、本当に少女だな。規格外に強いのも見れば納得だが、やっぱ大人が保護するべき年齢だろ。鍛錬はともかく実戦に連れ出したのはおかしいぞ」

タインからさっそくダメ出しをくらう。

だが、この二人は己の身に納まる武器を探す旅を兼ねている。

「二人には勇者の血が入っておる。あの歳ですでに武器探しの途上だ」

「勇者の？」

「シャトではないぞ？　だがその血に近い、いや遠い？」

聞き返して来たタインに答える。

アリナはシャトとも近いが、イオの公爵家がどの程度かはよくわからん。王族の血を引いていることは確かだが、血を残すために婚姻関係がこんがらがっとる。

鍛錬場に響く少女の柔らかな高い声。大の男を吹き飛ばし、兵を寄せ付けない少女。その後ろに庇《かば》われつつも、少女を守るために強化や複数の敵の誘導に余念がない別の少女。

「勇者の血か……。じゃあ、武運を祈っとく」

タインが言う。

勇者という理由付けは、儂が旅に出る時に使った「お告げが」みたいなもんじゃ。勇者になるということは、女神の指名に近く、そして女神の望みを叶《かな》える者だ。

女神のお告げと同じく尊重され、勇者として必要な行動をとるのが当たり前だと疑うこともない。

鍛錬の合間に二人を呼び寄せ、タインを紹介する。

二人とも異存はないそうで、タインの同行が決まった。

待ち合わせは明日の日の出、門の外。

屋敷《やしき》の門まで送ることはタインに断られた。来る時にすれ違った者たちに手を振りながら、代官の屋敷の中を飄々《ひょうひょう》と歩いてゆく。

ここは町の者も来るし警備も甘いからの。だからと言って、あそこまで自然体なのも珍しかろう。

そう思いつつ図書室に戻ると、マリウスが窓の外を見ている。

む、湯気が上がっとるな。いつもよりちと早い気がするが湯を沸かし始めたのか。

「二人からも同意をもらった」

儂から結果の報告。

「目指すのは街道の交わる都市、テレノアですか。初めてコア持ちを倒した町でもありますね」

「ああ」

魔王から直々に魔力《ちから》を分けられた魔物に出現する黒い水晶。世界に広がった魔王の気配に、勝手に活性化して凶暴化した魔物たちではなく、魔王が意志を以《も》って強化した魔物の証《あかし》だ。

「あの水晶はどうなっているのですかね？」

懐《なつ》かしいのか心配なのか、遠い目をするマリウス。

「行ってみればわかるじゃろ」

閉じられた空間の中で、女神の透明な水晶が白く輝いているはず。儂の白髪頭と一緒じゃ。

「さて、明日からまた野宿じゃ。風呂《ふろ》にでも入っておくかの」

朝風呂ならぬ、昼下がりの風呂。

うちの屋敷もそうだったが、他の部屋で湯を大量に沸かし、管を通って各部屋に湯が来ている。風呂に水と湯の二つの蛇口がついており、水の方はいつでも水のままじゃが、湯が出る方は沸かしている時間であれば湯が出る。時間から外れれば両方水じゃがな。

普段は夕食のパン焼きに合わせて、もう少し遅い時間からなのだが、今日はこの時間から沸かしているようだ。たぶんアリナとイオが、明日の出発に備えて、兵士たちとの鍛錬を早く切り上げたためだろう。鍛錬後に入れるよう、気を使って早めに沸かしてくれたらしい。

何でわかるかと言うと、湯気が管からもれとるところがあるから。水漏れしとらんか不安じゃが、使用人に伝えても特に気にした風はなかったので、おそらくたぶん大丈夫なのだろう。おおらかすぎんか？

「そういえば風呂の時、シンジュ様はどうされているのですか？」

ふと疑問に思ったのか、聞いてくる。

「肩から背にぶら下がっておるわ」

もういっそぴゃーをタオル代わりにしてやろうかと思った。

「しがみつく服もないのに、器用にぶらさがりおる」

儂《わし》の言葉に微妙な顔をするマリウス。

「……洗剤がのこらぬよう気をつけてください」

一体何を想像したのか、微妙な声色の言葉が図書室の扉を閉める直前、聞こえてきた。

いや、洗わんからな？

あてがわれた部屋に戻り、風呂に入る。

旅に不満があるとすれば、これじゃな。夏は水浴びでも構わんが、冬の野外では服を脱ぐのも面倒になる。

ぴゃーは完全防水というか、透過させているようで、儂が湯に浸《つ》かっても濡《ぬ》れない。消えている状態は全部透過なのかの？

よくわからん生態だし、何のために儂の背中にいるのかもわからん。本当に聖獣なんじゃろうな？

隣の部屋からアリナとイオの笑い声が漏れてくる。どうやら鍛錬を終え、戻ってきたようだ。

慣れない野宿に疲れた様子も嫌がる様子も見せない二人だが、やはり風呂は嬉《うれ》しいらしい。

◇◆◇

代官たちに見送られ門を出ると、タインが魔馬の隣に佇《たたず》んでいる。門を出入りする町の者は少ない、この門は旅人が役人のチェックを受けるためのものなのだ。

「よろしく頼む」

魔馬を引いてタインの前に進み、合流。

「アリナです、改めてよろしくお願いいたします」

「イオです。お願いいたします」

ちょこんとスカートをつまみ、膝を折り軽く腰を沈める。

「俺はタイン、傭兵だ。で、旦那からは常識非常識のジャッジを頼まれてる。とりあえず、

代官たちにならともかく俺のようなもんにその挨拶はいらねぇ」

「正式な場ではもう少しきちんといたします」

「挨拶は淑女として当然ですわ」

困ったように小さく首を傾《かし》げるアリナと微笑《ほほえ》むイオ。

成人前の子供は誰に対してもこの挨拶で構わぬのだが、アリナとイオは相手と場によって膝をつくスレスレまで深く腰を落とす。女性のあの挨拶はなかなか筋力を使う。

「いや、まあ、淑女に見てもらいてぇならそのまんまでもいいが。普通の住民は頭を下げるか手を振るかぐれぇだからな？」

暗に外でそれは目立つぞ、とタインが告げる。

タインが言いたいのは、もっと正式な挨拶をしろということではなく、むしろ逆じゃ。

「この二人は将来のため、多少目立った方がいい。まあ、城にすぐ連絡がいくような場所では儂の都合で控えてもらうしかないが」

慣習的に、王族の印の武器探しは大々的に報じることがない。

国の支援は受けず、自分の力だけで武器を得る。王家に限らず、旅を終えるまでは家とは縁を断ち、一個の人間として行い、周囲もそう扱う。

ただ、やはり親しい者に安否を告げてやりたいと思う者はおるし、家の支援を受けても武器を得たいという者もおる。

無事に印の武器を得た後は、祝いと共に大々的にその行動が喧伝《けんでん》されるのが常なので、有名な者ほどあまり妙なことはできんが。

そういうわけで、武器を探し旅する本人が自分の名を出し、よほど目立たない限り、直接城に報告が行くことはほぼない。

ないが、武器を得た後のことを考えれば、立場的に少し印象付けておいた方が良い。国を上げての祝いの時に、逸話が少ないんでは格好がつかんからの。

よくわからん、とばかりに肩をすくめるタイン。

「おいおい説明する」

門のそばは人が少ないとはいえ、途絶えるほどではない。ここでいきなり、アリナは王族、イオは公爵家の者だとか言い出したら混乱するじゃろうな。

魔馬に跨《また》がり、旅を始める。

「天気がよくてよかったです」

「そうじゃの」

嬉しそうに笑うアリナに答える。

魔王がいる間は、天気も気候も落ち着かんかったが、今は穏やかな天候が続いている。

夏は夏らしく、冬は冬らしく、風景は美しく。アリナとイオの修行としてはいいのか悪いのか。

——ただ旅するにはいいがの。

「おじい様、テレノアというのは実際はどういう町なのですか？」

「今のテレノアを儂は知らんからの」

魔馬の蹄《ひづめ》は硬く、街道を蹴るたび一般的な馬より硬質な音を立てる。

主要な都市の情報は話としては聞いている、だがそれはアリナも同じはずじゃ。王族として国内外の主要な都市の情報は、むしろ儂より把握している。

儂の行ったことのあるテレノアは武器と傭兵《ようへい》の取引で賑《にぎ》わっていた。大分殺伐として切実な雰囲気だったため、賑わっていたという表現は微妙に合わんが。

今は確か、麦や香辛料、糸や織物《おりもの》、鉱物など、素材となるものが中心に売買されていると聞く。

「いい素材を安く手に入れようとする職人がやってきて、テレノアにそのまま住み着いている奴《やつ》らも多い。今は加工物の販売も多くなってきてるな。活気があって、滞在してるとこっちも元気になるような町だ」

タインが言う。

「そう言えば、最近話題の新しい織物もテレノアからだと聞きましたわ。テレノア経由で入ったという意味かと思っていましたが、あれはテレノアで作られたという意味でしたのね」

イオがその時のことを思い出しているのか、焦点の合わない視線を前に向けている。

「色々珍しいものを見ることができて、元気になれる町なのですね？　それは楽しみです」

嬉しそうにアリナが笑う。

とりとめのない会話をしながら進み、昼になったところで街道を逸《そ》れて森に入る。

「だいたいマリウスが火の準備をするうち、儂が何か獲《と》ってくる感じかの。子供たち二人は水汲《みずく》みか、食える草の採取じゃ。儂らのことは、飯を食いながら話そう」

「おう、俺も一応森の中を見てくるわ」

「獲物は運が良ければで構いませんよ。町から持ってきた食料もありますし、夜にゆっくり狩ってもいい。中天に陽《ひ》が来たら戻り始めてください」

マリウスが儂らに声をかける。儂らというかタインにじゃが。

そういうわけで、昼飯の調達。見るのは動物の通った跡、この時期に鳥が食べる若芽を出す木や、実のなる木。水辺が近くにあれば、もっとやりやすい。

猪《いのしし》の通った跡はすぐ見つけた。だが、数日張り込むような狩りができるわけでなし、偶然遭遇しない限り獲物は鳥の類が多くなる。

鳥も少し置いた方が旨いんじゃが、まあ旅先ではそう贅沢《ぜいたく》も言えん。そう思いながらトラウズラを仕留め、処理をする。

トラウズラはこの辺りにいるウズラの仲間じゃが、少し魔物混じりでウズラの二倍程度の大きさ。羽根に入る模様が虎のようなのでそう呼ばれる。

五羽ほど下げて、マリウスたちの元に戻る。

「マジかよ、旦那は腕がいいな」

一足先に戻っていたタインが獲物をイオに渡しているところで、こっちを見て固まっている。

「この男は魔物ホイホイですからね。この短時間に一匹狩ってきた、貴方《あなた》も十分腕がいいですよ」

「うるさい、たまたまじゃ！」

別に好きで魔物のいる方に行ってるわけじゃないわい。

「たまたまとは言えない遭遇率ですよ」

マリウスの言葉を無視して料理にかかる。

トラウズラはさっさと解体して、フライパンで焼く。ヘイゼルナッツのオイルをかけながら皮に焼き目をつけ、マリウスに引き継ぐ。

そうすると魔法で中まで火を通してくれるんで、早く食える。

「え、いや？　なんだ今の？」

マリウスから戻ってきたフライパンから肉を取り出し切り分けていると、タインが儂と
マリウスと一瞬で中まで美味《おい》しそうに焼けた肉に忙しく視線を彷徨《さまよ》わせて言う。

「おじ様の魔法の操作は素晴らしいの一言です。私もやってみましたが、フライパンごとダメに致しました……」

イオがそう言って俯《うつむ》く。

「お姉様は、まだ魔力の成長中、魔力量が日々、いえ、時々に大きくなるのですもの。あそこまで繊細な操作はできなくて当然ですわ」

アリナが少し怒ったように頬を膨らませて言う。

可愛《かわい》いのう、うちの孫は。

「そういう問題なのか……？　問題なんだろうな。肉、肉の焼き加減のために高度な魔法？　しかも瞬《まばた》きする様な間で。旦那たちが何者なのか聞くのがこえぇ」

頭を抱えるタイン。

「日々の食事は最優先事項じゃぞ？」

なにせ旅の間、魔物に隙を見せないためにも、体調管理的にも、時短料理と旨い飯は必要じゃったからの。

「あんたら、何の集まりなんだ？」

タインが聞いてくる。

「今の代に合わせて答えれば、勇者候補一行ですかね」

たいがいマリウスも韜晦《とうかい》した男だ。

自分のことを話したがらない半分、からかい半分。少しだけ匂わせるだけの貴族的言い回し。

「候補？」

タインが眉根を寄せて幼い二人を見、儂《わし》を見る。ジジイのマリウスは圏外じゃの。

「儂は勇者候補ではないぞ、候補はこの二人じゃ。ほれ、焼きたてじゃ。食え」

トラウズラを全員に回す。

「この男は食い気が優先なんですよねぇ」

マリウスがトラウズラの載った葉を受け取りながら言う。

この楕円《だえん》の大きな葉は、繁殖力が強くどこにでも生える。食うことはできないが、厚い割にそれなりに柔らかなのでバターやチーズを包むことによく使われる。

旅の空では、こうして料理を半分包むように皿がわりにしたり、畳んでコップのように作って水を掬《すく》うこともある。

「……旨《うま》い」

よく焼けたトラウズラをかじり、どこか不満げにタインが言う。

「上々じゃの」

パリッとした皮に、新しい肉だというのに硬くなることもなく柔らかで、中は肉汁と少ないが脂が回る。

マリウス自身が舌が肥えているせいか、そこらの店より火加減が上手《うま》い。特に魔物が対象ともなれば、儂はマリウスより上手い男を知らん。

「熱を加えているだけではありませんよね？　おじ様の魔法は細かすぎて、未《いま》だ読み解けずにおりますわ」

難しい顔でトラウズラを見つめるイオ。

「魔力を温存しつつ、短時間で結果を出すには、一つずつ重ねていくより、纏《まと》めてしまった方が早かっただけですよ。いつ戦闘になるか分からない状態でも、やれ肉が硬い、パサパサだ、生焼けだと文句が多かったですからね」

苦笑するマリウス。

今は焼け具合を気にしながら、のんびり会話するのも楽しいが、昔は悠長に焼けるのを待っていては魔物に襲われた。調理に時間がかかるほど、遠くまで匂いが広がり、魔物を呼び寄せるからの。魔王のそばに近づくにつれ、呼び寄せるまでもなく魔物だらけになったし。

「うるさいぞ、自分だって文句どころか食わんかったろうが！　やれ味が濃い味が単調だと儂に文句ばかり言いおって！」

味付けに文句を言われるなら、火加減に文句をつけてもいいはずじゃ。

「我が師が、旅の間お二人がどんどん料理の腕を上げていったと——」

「まあ！　おじい様は気のせいではなくやはり料理もお上手なのですね！」

イオとアリナ。

城で口にするような料理と比べられると、いささか面映《おもはゆ》い。

「ぴゃー」

「ぴゃーは食い過ぎじゃ！　茄子《なす》から戻るのに、だんだん時間がかかっとるじゃろが！」

空気を読まず、自分の分を食い終え、儂のトラウズラをねだって来たぴゃーにぴしゃりと言い渡す。

食う量や物は聖獣に影響がないのかと思っていたのじゃが、どうやら違う。腹が重そうにぶら下がっとる時間が確実に延びておる。ついでにぴゃーも腹が重い間は伸びておる。

「……生焼けは俺も食わねぇが、どこに突っ込んでいいか分かんねぇ」

タインが言う。

「おかしいと思ったことは、順番などはいいからどんどん教えてくれ」

「できれば、おかしいと感じた理由もお教え下さい」

儂とマリウス。

「……」

自分の考えを整理するためか、タインが黙りこくって俯く。

ぴゃーがタインのトラウズラに熱い眼差《まなざ》しを向けている。

ぴゃーの顔ごと片手で覆い、視線を切る。不満なのかぐいぐいと手のひらを頭で押してくるぴゃー。

やめよ、食い過ぎだと言っておろう！　しかもあれは食わないのではなく、考え事で手を止めておるだけじゃ！

ぴゃーとの攻防をしていると、息を吐いてタインが顔を上げる。

「聞きたくねぇ気がするが、まず俺が聞くべきことは全員のフルネームなんだろうな……」

「スイルーン＝ソード＝アスターじゃ」

「マリウス＝クラブ＝テルバン」

「アリナ＝ブラッドハート＝ソード＝シュレルです」

「イオ＝オゥル＝テルバンと申します」

「全部揃《そろ》ってるじゃんかよ！　魔王、復活でもすんの⁉　つーか、王族も勘弁してほしいが、剣士スイルーン、聖魔法士マリウスじゃねーかよ！！！　何で若返ってんの⁉　何してんだここで！　不穏すぎる‼‼」

頭を抱えるタイン。

「アリナとイオは印の武器を得るための旅だぞ？　儂はかつての旅路を辿《たど》るつもりでおるがな」

名付けは神殿のオーブに記録する。

神官が羊皮紙や布、紙に書かれた名をオーブに映すだけなのだが、オーブに映り込んだ文字と一緒に、書かれていない「ブラッドハート」「ソード」「クラブ」「オゥル」の文字が現れることがある。

これらの文字が浮かんだ者は、女神の力が降りやすく、魔王の気に影響を受けない者。

ブラッドハートは勇者、ソードは剣、クラブは白い杖《つえ》――回復や治癒――、オゥルは黒い杖――魔法――を表す。

まあ、ソードが名に現れても魔法を使う者もおるし、クラブを持ちつつぶん殴る者もおるので、あくまでその才があるというだけじゃが。

過去の勇者パーティーにはクラブで槍《やり》という者がおったしの。

これらは決まった家に現れるわけでもない。血が濃くなったからだとか、先祖返りだとかも言うが、儂自身が貴族から見れば馬の骨じゃったからの。よくわからん。

四つの中で「オゥル」は魔女の他には現れず、「ブラッドハート」は、ほぼ王家と公爵家にしか現れず、他の文字も一緒に現れることがある。

「ブラッドハート」を持つことが王位を継ぐ条件になっている。マリウスも「ブラッドハート」を持っているが、継承権を放棄した後は名乗ることはしていない。

そして、ブラッドハートを持つ者の中で、真《しん》に勇者たるには「女神ラーヌの剣」と呼ばれる印の剣に選ばれること。

通常一人しかいない「オゥル」は別として、「ソード」と「クラブ」は女神の導きにより勇者が選ぶ——国で最初の供をつけるが、勇者の意思で変わることもあるのだ。勇者に認められた時、選ばれた三人には女神の祝福がある。

「オゥル」がイレーヌとイオ、二人いる今は、まさに世代交代の過渡期というところじゃろう。

「ぴゃー」

「シンジュ様、運動なされば大丈夫ですよ」

「このぴゃーが運動するわけがなかろうが！　トラウズラを勧めるでない！」

話しているうちに、ぴゃーが急に膝から肩を通って背中に回りまた脇腹から出て、ぐるぐると袈裟懸《けさが》けに儂の体を走る。

「他所《よそ》を走ってこい、他所を！　どうせ今だけじゃろ！」

「魔王が復活するというわけじゃねぇんだな？」

完全に儂とマリウスのぴゃー関連の言い合いを無視して、タインからの二つ目の質問、というか確認。

「魔王を倒す旅ではない」

今回はそれが目的の旅ではない。

「何で若返ってるんだ？　二代目ってんじゃないよな？」

「さての。女神の導きじゃ」

肩をすくめてみせる。

面倒なことは、女神の名を出しておけば大抵なんとかなる。

「こっちの二人――口が悪いのは勘弁してくれ――は、聞いた通り己の印の武器の探求として、こっちの総神官長殿は？」

アリナとイオからマリウスに視線を動かすタイン。

人の脇腹と肩を通る運動会を無視しておったら、顔面を通路にし始めたぴゃーをつまみ上げる儂。大人しくせい！

「いつまでも古い者がおっては、下がつかえるでしょう？　神官長の座はすでに退きました。そのまま王都にいても落ち着きませんからね、これ幸いとついて参った次第です」

外面のいいマリウスが微笑《ほほえ》んで言う。

追っ手がかからないように、面倒な問題を早々に処理せねばならん状態で発覚させるという置き土産をしてきた男が何を言っているのか。聞いた内容では、おそらく王都は貴族も神殿も含めて右往左往しているはずじゃ。

「もう世間一般とずれるのはしょうがないんじゃねぇのか？」

少し引いている気配がするタイン。

「始める前に投げ出さんでくれんか？　自分がずれておることを理解した上で、そのような行動を取るならともかく、知らずにやらかしとるのは避けたいでな」

ぴゃーがぶら下げられとるのに飽きたのか、先ほどから後ろ足で空を蹴っている。

「旦那たちの功績を考慮せず、一般の冒険者からずれているところをあげるんでいいのか？」

「うむ」

頷《うなず》く儂《わし》。

「まず言葉遣い」

「丁寧すぎるか？」

アリナもイオもマリウスも。

アリナとイオが戸惑った顔をしておる。はすっぱな言葉遣いは二人には似合わんし、マリウスを含めこの三人が荒い言葉を使うイメージがわかん。

「それもあるが、旦那はせめて一人称をなんとかしたほうがいい」

「ジジイが滲《にじ》み出てますからね」

「ぐぬ……」

一言多いんじゃ、マリウス！

「俺に戻せばいいでしょう」

「すでにこれで癖がついとるんじゃ！」

魔王討伐から帰還し、辺境伯を拝命した。

王族やら貴族やら――王族の方々はおおらかであったが、他は面倒じゃった。元々の話し方と公の場での話し方をすり合わせていくうち、最終的にこうなった。アリナが生まれて祖父《じじい》ムーブをしていたせいもある。

「他は？」

「旦那の今の格好」

……。

ぴゃーか！　ぴゃーが見えないのが原因か！

「この男はしばらく一緒に行動するのじゃ、一度姿を見せんか？」

「ぴゃー」

なんと言ってるのかわからんが、何を要求しているのかはその視線でわかる。

「ほれ、くれてやるから大人しく姿を見せろ」

ぴゃーの視線の先にあったトラツグミを口元に持っていくと、両手でつかんで儂にぶら下げられたまま食い始めた。

「……なんだこれ？」

「シンジュ様、聖獣ですよ」

片眉を跳ね上げたタインにマリウスが告げる。

「名前はぴゃーで十分じゃろ」

この格好で食い物に夢中になっとる生き物に、シンジュなどという名前は似合わん。ついでに聖獣なのかも疑わしい。

「これが儂より食うくらいでな。しかも姿を消しとる時は、はたから見るとどうやら儂が食っているように見えるらしい」

「それはまた……。ゆで卵の丸呑《まるの》みやら、おかしな食い方をするとは思っていたが」

……丸呑み？

「ぴゃー！　貴様、聖獣ならば、せめて咀嚼《そしゃく》しとるように見せるとか、細かい芸を見せろ！　儂が愉快なことになっとるじゃろが！」

「ぴゃー」

トラウズラを食い終え、ぶら下がっているぴゃー。

制限したせいか、まだナスのようにはなっていないが、腹は重そうじゃ。

次はマリウスが食っとるように細工しろ。

「今のところ、私たち三人は上品すぎるくらいで、おかしなことをしているのはこの男だけということですね」

「大半はぴゃーのせいじゃろが！」

ぶら下げられたまま毛繕いを始めるな！　しかも毛に舌が届いておらんじゃろが！

「さすが勇者と共に在った方々だ。聖獣もそばにいたがるとは」

「無理に崇高そうな話にせんでいい。これを甘やかすと、皿の料理を狙われるぞ」

もうすでにタインのトラウズラは狙われた後じゃが。

「ぴゃー《これ》を儂からひっぺがすか、これのせいで儂が変な行動をしとるように見えるのをなんとかできんか？」

「不審に思われ尋ねられたら、女神の導きとか女神の気まぐれと答えたらどうだ？　実際聖獣が起こすことならば、不敬にはならねえだろう」

聞いてこない大勢の者たちには誤解を与えたままじゃし、女神の導きで何をどう納得させるつもりじゃ！　ゆで卵を丸呑みする女神の導きになるじゃろが‼

◇◆◇

結局、儂は言葉遣いをなんとかすることに。ゆで卵の丸呑み問題についてはぴゃー次第ということで、なんの解決にもならんかった。

――次回人前で飯を食う時は、マリウスの膝で食わせよう。

魔馬を進める周囲には、秋に蒔《ま》かれ冬を越した麦がみのり、風に吹かれている。この辺りの小麦は香りがよいことで知られている。

所々に儂の胸ほどの石積みがある。壁というには不恰好《ぶかっこう》で低いそれは、そこを越える魔物は討つという目安の境界であり、内側は人の地であることの主張。

村や町の人々が畑を耕す時に出てきた石を一つ積み、二つ積みした、慎《つつ》ましく普通に生きる人間の主張。

今はその外側にも小麦がみのる。魔物の領域は狭まり、かつて魔物の襲来によって崩れた石積みの場所はそのままにされ、畑への出入りに便利に使われている。

「ここまで来るのに五十年は早いのか、遅いのか」

「早い、と思いますよ。この辺りは女神の影響が強いですしね」

儂の独り言にマリウスが答える。

儂の隣にマリウス、反対側の隣にはアリナとイオ、少し後ろにタイン。もちろん他の旅人を見かけたら横の並びは崩す。

もっとも移動する商人たちが活動を始める時間とはずらしておるし、この街道が混み合うのは小麦が収穫されるもう少しだけ後だ。儂らはのんびりとテレノアを目指す。

「おじい様たちが作った光景ですわ」

にこにことアリナ。

この笑顔があるなら儂らが旅したことも無駄ではない。孫は可愛《かわい》い。

「確かこの辺りでは、ヘイゼルナッツのチェリーケーキがよく焼かれる。次の村に着いたら特別に頼んで焼いてもらおうか。テレノアの店のものと比べてみるのもいいじゃろ」

「ぴゃー」

「お前にじゃない」

孫の可愛さに上機嫌で提案すれば、背中から声が上がる。それに間髪いれず否定する。

「シンジュ様、大きなものを焼いていただきましょう」

横からマリウスが笑顔で言う。

「ぴゃー」

「そうじゃ、マリウスに買ってもらえ。そしてマリウスの膝で食え。――イオにも買ってやれよ？」

アリナの分ともどもイオの分を頼むのは構わないが、マリウスからもらった方が嬉《うれ》しいじゃろ。

前から来た荷馬車を避け、端による。

「私は――」

「ええ。貴方はタインにも買ってあげなさいね」

言葉を紡《つむ》ぐ前に、微笑みを浮かべながらタインを巻き込むマリウス。

「俺は自分の食い扶持《ぶち》は自分で用意する」

即座に遠慮するタイン。

イオは遠慮深いからの。自分で頼むだけの金もあるので断ろうとしたのじゃろう。だが、財布事情とは別な問題じゃ。

と、するとタインには儂が依頼して、ついて来てもろうておるのだ、儂が用意するのが確かに筋かの？

「旦那も考え込むな！」

「ふふ、楽しみです！」

タインとアリナ、対照的な答え。

「それはそれとして、魔物の気配がしましたね」

「したのぅ――じゃない、したな」

いかん、話し方を矯正するんじゃった。

「あんたら魔法でも使ってるのか？」

そう言って剣に手をかけ、周囲を見回すタイン。

「常時探索や探知の魔法をかけるなど無理ですわ。いえ、私には無理ですわ」

イオが言い直す。

「私にも無理ですから安心なさい」

マリウスが微笑《ほほえ》む。

「俺はそもそも魔法は使えん。これは長年の勘みたいなものだ」

なんで分かるのか聞かれても答えられない程度のモノだ。

というか以前も思ったが、ぴゃーは気づくべきなんじゃないのか？　聖獣、しっかりせい。

「それに魔物ではなく『魔物の気配』ですよ」

「うむ。荷馬車に乗っておった男についとったな。この先のどこかで魔物と関わったとみえる」

残り香でわかるほどの強さ。

「テレノアには最初の封印もありますし、強めの魔物が引き寄せられてきたのかもしれませんね」

荷馬車の男には変わった様子もなかったので、魔物と遭遇したことに気づいていなかった可能性もある。

「さて、人の町にそっと混じって、不和や恐れをばら撒くタイプですかね？」

「おい」

剣から手を離したものの、硬い顔のタイン。

「あんまり脅すな」

マリウスを諌《いさ》める儂《わし》。

「そのタイプの魔物は弱くとも厄介だと習いました。分かりにくいからこそ、気づいた時にはひどい被害だったとか」

「まずその存在に気づけるかどうか……」

アリナとイオが不安そうな顔を見せる。

「存在に気づくのは簡単ですよ、魔物ホイホイもいますしね。そして特定してしまえば後は簡単です。昔と違って私たちも今はそれなりの地位にいますしね」

余裕のマリウス。

過去の旅では、魔物が化けておるモノの方が町の者から信用があって、苦労した覚えがある。絵姿やら像やらが出回ったのは、魔王討伐後じゃからの。

◇◆◇

そんなこんなで村に到着、約束通り料理上手と評判の宿の女将《おかみ》にケーキを頼む。

夕食後、出てきたのはパンとパイの中間のような皮に、ヘイゼルナッツの粉を混ぜてつくった具材、酒に漬けられたサクランボが入れられた焼きたてのケーキ。

「結局俺のもか」

儂が注文したケーキを前に、タインの顔にはあからさまに酒の方が良かったと書いてある。

「いい匂いです」

「香ばしいのですね」

子供たち二人が幸せそうじゃ。

やはり甘いものが好きなのかの？　田舎には時々、砂糖の味しかせんような菓子もあるが――

「ふむ。冷めても旨いが、焼きたても旨いな」

十分甘かったが、覚悟していたほどではなく、ヘイゼルナッツの香ばしさ、酒と果汁が混じったサクランボの味が口に広がって旨い。

儂が口をつけると、とたんにぴゃーが騒がしくなる。

「マリウスの膝で食え」

アイツは甘いものはそう得意ではないはずじゃ。

机に並ぶのはホールケーキが二つ。片方はすでに切り取られ、それぞれの皿に載っている。

「ぴゃー」

「嫌ならせめて、マリウスが食ってるように改竄《かいざん》しろ」

マリウスの皿に残るケーキの隣に、新しく切り分けたケーキを載せる。

「諦めたらよろしいのに、往生際《おうじょうぎわ》の悪い」

皿ごと儂の方に寄せるマリウス。

「諦めたら儂が愉快な大食い男になるじゃろが！」

「旦那、その言い合いも普通じゃないからな？」

一応、という感じで突っ込んでくるタイン。

「ぴゃー」

こちらの事情など関係ないとばかり、ケーキを食い始めるぴゃー。

お前が原因だと言うのに！

最初のコア

村を出てテレノアに向かう途中の草原《くさはら》。

タインがマリウスに転がされている。

「おや、偶然にしても綺麗《きれい》に決まりました」

にこやかにマリウス。

「偶然……？」

そう戸惑うタインにマリウスが手を差し伸べて立たせ、適当な構えを見せてもう一戦誘う。

袖も裾も長いローブ、肩から垂れさせた膝下まで届く飾り布が二つ。どう考えても動きづらい格好だというのに、少しの滞りもなくかえって飾り布を牽制《けんせい》や目眩《めくら》ましに使う。

身体強化を使うマリウスの手は、速いだけではなく重い。

そしてまた地面に大の字になって、驚いたような顔でマリウスを見上げるタイン。それを涼しい顔で見下ろすマリウス。

「だから心配いらんと言ったろうに……」

タインに憐《あわ》れみの混じった目を向ける。

テレノアに向かう道中、休憩のため少し街道から森に入った場所。食後の茶を飲みながら、魔物がいるのならばテレノアだろうという話をした。その流れでタインが高齢であるマリウスの体調の心配を口にしたのだが、それが引き金になった。

穏やかに、低姿勢で、いっそか弱く――儂から見れば胡散臭《うさんくさ》い笑顔で、マリウスがタインとの手合わせに持っていった結果、タインが草の上に何度か転がることになった。

勇者一行、伝説、最強のパーティー。しかしマリウスの名は、儂らのように物理的な破壊を伴う強さではなく、強力な支援魔法とどのような傷も回復させるパーティーの癒《いや》し手として広まった。

特に今の若い世代は、マリウスが物理的にも強いことを知らない。もし、その身に納める武器を、杖《つえ》でなく剣を選んでいたら――いや、儂の方が強いな。マリウスが杖を選ばなかったら、今ほどの身体強化は得られんはずだ。うん、儂の方が強い。

まあ、五十年という年月が過ぎ、歳《とし》もとった。マリウスの職業や年齢から考えれば、野宿混じりの長旅に、その体調が心配になるのもわかる。

「嘘《うそ》だろ……」

地面に投げ飛ばされたまま、大の字で呆然《ぼうぜん》としているタイン。

立っては転がされ、立っては転がされ。最初は油断していただろうが、気合いを入れても結果は変わらない。

「マリウスは普段は体力がないふりをして、他人に荷物持ちをさせたりしとるが、喧嘩《けんか》を売ってきた騎士が所属する一個小隊ごとのしたり、好き放題しとる男だ」

一個小隊は二十人ほど。しかもマリウスが相手にしたのは歩兵ではなく、騎士だ。

さすがにマリウスに直接喧嘩をふっかけるような相手はおらんので、軍属の癒し手や年配者にアホが売った喧嘩をマリウスが代わりに買っている感じじゃが。ヤツはけっこう喧嘩っ早い。

そして対戦まで持ってゆくまでに、負けたことを外に漏らせば恥になるような状況を作る。マリウスが強いということが広まらないように情報を制御して、次のアホが手合わせを了承しやすいようにしとるんだと思う。

儂とて素手の勝負では勝てるかどうか大層怪しい。というか、身体強化をかけたマリウスに、マリウス以外から受けた身体強化で対抗できる気がしない。剣があれば別じゃがな！

「おじ様……お強かったのですね」

イオが呆然とマリウスを見る。

「精神力をつけるには、体を鍛錬するのもよい方法ですよ」

息を切らした様子もなく、焚《た》き火《び》のそばに戻るマリウス。

「すごいです」

アリナもきらきらした目でマリウスを見ておる。

アリナも剣を手放さざるを得なくなった場合のことを考えて、丸腰でもある程度戦えるよう訓練している。だから一層マリウスの体捌《たいさば》きに感心しているのじゃろう。

己が武器を手に入れれば、剣が離れたままになることは滅多にないが、武器を魔法で封じる方法もいくつかある。また、剣が魔物に食い込み抜けずにいるところを、別の魔物に襲われることとも。備えは大切じゃ。

「強《つえ》えな、心配は無礼だったか」

のそりとタインも焚き火に戻ってきた。

地面に打ちつけた背中が痛むのか、動きが少々ぎこちない。一応、受け身が取れるよう倒しておったようだし、しばらくすれば治るじゃろ。

マリウスとタインに茶を渡す。

「ご心配ありがとうございます。少し体を動かしませんと、この歳では本当に弱りますからね」

「少し……。本当に最小限の動きで倒されたしな」

にこやかに笑うマリウスに、ため息をつくタイン。

「五十年の時が流れても英雄たちに衰えはなしか。さすがだが、こっちは少々情けない」

受け取った茶を飲んで、熱かったのかタインが顔をしかめる。

「タインは強い部類じゃと思うぞ。世馴《よな》れとるしな」

「世馴れてるってのは別なことだと思うが……」

「タインも、このまま一緒に旅をしましょう。おじい様が剣を振るうのを間近で見れば、強くなること間違いなしです！」

弾《はじ》けるような笑顔で手を合わせるアリナ。

「ぴゃー」

賛同するぴゃー。

いや、これは茶の催促じゃな。

マリウスが茶をぴゃーに注いでやって、甘やかす。

「スイルーンの本気の戦いというのは、この先、よほどのことがなければなさそうですが。まあ、適当に剣を振るう姿の方が参考になるでしょう」

儂《わし》の膝から尻を動かさず、体を伸ばして茶を飲むぴゃーと、飲みやすいよう薄い金属のカップを支えるマリウス。

おぬし、甘やかして躾《しつ》けないつもりなら引き取ってくれんか。

「それほどか」

片眉を跳ね上げるタイン。

「おじい様の本気の剣……。私が学ぶのは難しいレベルでしょうか？」

アリナがマリウスを見て儂を見る。

「さて？　少なくとも私は、スイルーンの戦いを見て剣を置きました」

「他に回復役がいなかったからじゃろ」

儂の言《げん》に、薄く笑って答えないマリウス。

ぴゃーは我関せずで儂の膝から伸び出して、茶を飲んでいる。コイツ、何か口に入れば誰が出してもいいんじゃな？

「おじい様……」

「……」

アリナとタインがこっちを見る視線がビシバシ刺さって痛いんじゃが。

自分が強い自信はあるが、ドリーム入った過剰な期待じゃろこれ。マリウス！　口元を隠しておるが、絶対笑っとるだろう！

可愛《かわい》い孫のためには理想でいてやりたいが、得てして人に抱く理想は、矛盾を含む無茶なものが多い。

――勇者《シャト》も腹を下すとアリナに伝えて泣かれたあの日！　止《や》めよ、儂は等身大のアリナのカッコイイ祖父でありたいんじゃ！

「『女神ラーヌの剣』を持てる者は一人、女神が守護するのは枝分かれした血の中から一人ずつ。全てで四人、ですか？」

イオが表情を変えずにマリウスに聞く。アリナが期待に満ちたキラキラした顔をしておるのと対照的じゃ。

「ええ。王家、ひいては公爵家には全ての血が集まっていますからね。私は何にでもなれたのです――『魔女』以外ですが」

「やっぱり血なのかの」

はるか昔枝分かれした血。その血は混ざり合って薄まり、そして再び抽出され、分かれることを繰り返している。

その中で「ブラッドハート」は王家があまり外に出さず、「オゥル」も魔女が孤高を好むゆえに、とても濃い家系がある代わり、他の者たちに混じる血はとても薄いと言われている。

魔王が姿を消し、再び出現するまでそれなりに長い。人の世では代替わりが六度はある。

貴族どもは魔王出現の報を聞き、慌てて王家を真似《まね》て血を集め始める。――儂もそのお陰で妻と結婚できたのであまり強くは言えんのだが、結果的に血統を重んじる時代は一番平和な時代にあたり、世が荒れ始める頃には混血が進んでいるというズレっぷり。

いや、女神の性質上そうなるのは必然なのか。

ラーヌは秩序と整然、人が与えられた役割を果たすことを求める。一番平和な時代は、女神の影響が一番強い時期でもあるのだ。

まあ、一般人はいつの時代も血統はほぼ意味をなさず、剣が得意な者が剣の血統を謳《うた》い、癒しが得意な者が癒しの血統を名乗っているだけ。

それでも時々儂のように突出して特性が表れることもあるので、不思議なもんじゃ。

「血は血を打ち消し、才を阻害する、じゃったか」

全ての血を入れて、十二分に特性を引き出しているのは王家と公爵家くらいだろう。

勇者が共に戦う友を強くするように、勇者の直系の血《おうけ》「ブラッドハート」は、ソード・クラブ・オウルの血の特性を強く引き出す。

「文字が現れずとも、一つに打ち込めばおそらく強くなれるけれど、諦めてしまうのでしようね。『ブラッドハート』を持つ私が言うのもなんですが」

肩をすくめるマリウス。

「『魔女』も含めてはっきりせぬことは多いの」

魔女は、必ず一人だけ。

剣も癒し手も、その時代の勇者が仲間として望んだ者だが、魔女は違う。

イレーヌが誰かに譲らぬ限り、強力な魔法が使えようとも、勇者に望まれようと、他の者が「女神が守護する魔女」になることはない。

マリウスが『魔女』にはなれない、と言ったのはそのせいだ。

ちなみに男でも「魔法使い」ではなく、女神が守護する「魔女」だそうだ。なんでかは知らん。

イオは魔女を継ぐ特別な弟子として育てられている——と、目されている。確かにイレーヌは、イオに目をかけ、様々なことを教え込んでいるが、儂はイレーヌからイオに継がせるとはっきり聞いたことがない。

あの年齢不詳の魔女は、まだまだ現役でいるつもりじゃあるまいかと訝《いぶか》しんでいる。

もっとも魔王討伐でもない限り、女神の守護は能力に大きな影響を及ぼすことはなく、イオが素晴らしい魔法の使い手であることに変わりはない。守護のあるとなしとでは、周りの扱いは変わるかもしれんが。

「いったいなぜ、魔女だけ違うのでしょう？」

「さあ？　案外過去の魔王討伐者の願いかもしれませんよ」

イオが首を傾《かし》げるのにマリウスが答える。

魔王討伐のあかつきには、女神によってそれぞれ一つだけ願いが叶《かな》えられる。イレーヌの願いがなんなのか未《いま》だ知らんし、マリウスの願いはつい最近聞いたばかりじゃ。

「だいたい理不尽で微妙な決まり事は、過去の勇者一行のせいかもしれんな」

「あまりに理不尽な願いは、次の一行が無効にしてそうですね」

マリウスと二人、言い合う。

「お二人とも、願いは叶ったのか？　――内容は聞かねぇけど」

タインが聞いてくる。

儂やマリウスの顔色を読んだのか、最後に付け加える。

「私は叶いましたよ」

「儂の願いはまだじゃの。――いや、叶いつつある」

マリウスの願いが「女神の声を聞かぬこと」だと知ったら、アリナたちはどんな顔をするだろうか。

「私も、おじい様の願いが早く叶うことを祈ります！」

屈託ない笑顔を見せるアリナ。

儂の孫は可愛い！

「ぴゃ～」

ぴゃーは可愛くないからマリウスの膝にいっていいぞ。食って飲んだからって、儂の背中に移動して寝ようとするな！　怠惰すぎるわ！

うむ。休憩を終え、街道に戻る前にトイレを済ます。

幼い頃と違い、さすがに勇者も伝説の中の人も、このジジイも人はトイレに行くことは理解しているようじゃ。

――アリナが笑顔で幻滅してるということはない、はず。

「マリウスも行ってきたらどうじゃ？」

「……ああ、お気になさらず」

おい。儂の孫と自分の姪《めい》の前で格好をつけようとしとるのか？　途中でトイレに寄る方が恥ずかしいぞ！

◇◆◇

テレノアを前に、後ろで適当に結わえていた髪を一本の三つ編みにして前に垂らす。絵姿や銅像でついているイメージが髪型一つで変わる、手軽でいい。

「あー、テレノアには銅像があるんだったか」

タインが言う。

困ったことに勇者一行の銅像の類は大抵の町にある。だが、出来がいいのは裕福で大きな町のものだ。テレノアのものは等身大で作られていることもあって、比べやすい。せめて、小さいなり大きいなりすれば印象も変わるんじゃがの。

おそらくこの町にいるだろう魔物を見つけるまで、目立たないようにする方向なのじゃが、さて？　まだ領主の屋敷《やしき》にいるパターンではあるまいな。

到着したテレノアの町は、門に手続き待ちの荷車が何台か止まっており、商人たちが立ち話をしている。ただの旅人の儂らは、魔馬から降りて門番に金を払うだけなので簡単に町に入れる。

人の姿をした魔物に苦しめられた過去の教訓からか、人の出入りを管理する門には、神官らが施した軽い結界のようなものがある。行く手を阻《はば》むようなものではなく、魔物やそれに類するものが門をくぐると、町のシンボル代わりに門の上部につけられている皿が、勢いよく落ちてきて割れるだけだが。

なんで皿なのかは知らん。そして皿が落ちた。

「あー、すまん。もしかして狩りたての魔物の素材でも引っかかるか？」

全員が落ちてきた皿を避けたため、石畳の上に割れて細かく飛び散っている皿の破片を見ながら言う。

「それなりに強い魔物であれば、引っかかることもありましょうな」

詰所から責任者らしい男が出てきた。

門の後と前には槍《やり》を交差させた兵がそれぞれ二人いて、儂たちを挟んでいる。その後には面白い見世物《みせもの》が始まったという反応の野次馬と、遠巻きにいつでも逃げられる格好の慎重な人たち。

門の上の方、皿があった場所には何やら魔法陣のごときものが刻み付けられている。どうやら皿が結界の本体ではなく、あの魔法陣がそうらしい。

「ごめんなさい、おじい様。記念に牙を持っておりました。お皿が落ちてしまったのは私のせいでしょうか？」

アリナが不安げに儂を見てくる。

つい最近、アリナとイオが倒した足の速い魔物のものじゃろう。

「私も」

そっと牙を差し出してくるイオ。

「いや、儂《わし》も皿が割れるまで、牙まで思い至らなかった」

アリナの頭を撫《な》でる。

「よく割れると聞きますし、そう心配することはないと思いますよ」

「魔石とかじゃなければ落ちないって話なのに、皮やら爪やらの持ち込みで落ちてくる話はよくグチってるのを聞く」

マリウスが微笑《ほほえ》み、タインが補足する。

一応、牙の他にも危なそうなものがないか点検。いい加減、町の出入りを止めていることが申し訳ない。

「預かります」

そう言って男が儂らの荷物を受け取り、従者に回す。従者は一礼して門についている詰所の中に戻った。

割れた皿を片付ける者、長い棒のような補助具を使って、新しい皿を門にかけている者。マリウスの言うように、割れるのは珍しくないのか、やたらと手際《てぎわ》がいい。

「門を出て、もう一つの皿が割れなければ無罪放免です。右側の窓口で、預かった荷物を受け取って、皿代を払ってください」

そう言われて兵の注視の中、門をくぐる。

町側の上の方に飾られていた皿は落ちてくることなく、無事無罪放免。詰所の窓から荷物を受け取って金を払い、魔馬を引きながら広場へ。

「ホッとしました」

アリナが胸をなでおろす。

「あの皿、払わされる金よりはるかに安い。兵の前なんで言わなかったが、最近じゃ金のありそうな旅人が通ると、わざと落としてるんじゃねぇかって噂《うわさ》だ」

タインが言う。

「む、そのような理由でアリナを驚かせるとは、万死に値するな」

おのれ、儂の可愛《かわい》い孫を。

「なんでお皿なんでしょうか？」

イオが不思議そうに首を傾げる。

「知らん」

「安いからか？」

儂とタイン。

「最初は鈴を振るわし、鳴らそうとしたらしいですね。ただ術式がうまくいかず、皿が落ちることになったようです」

「……」

マリウスが説明してくれたが、何故《なぜ》皿かはわからんままだ。

とりあえず術式失敗なのは理解した。

というか、ぴゃーは背中に張り付いてるくせに、何も役にたたんな？　ここは聖獣がいるから結界には引っかからないとか、そんな場面ではないのか？　聖獣的にどうなんじゃ？

広場には人が多く、露店が並び、様々な雑貨の他、花が売られている。活気あふれる町だ。

この町は魔王の時代、魔物の派手な破壊は少なかったため、復興も早く、その後の発展も著しい。破壊はなかったが、人的被害は多く、増えた分の人口もあるが、今の住人の半分は他所から流れてきた者たちだ。

「そっと人が消える陰鬱な町でしたが、変われば変わるものですね」

マリウスが呟《つぶや》く。

◇◆◇

ヘイゼルナッツのチェリーケーキ。

村で食べたものと早速比較している。香ばしいヘイゼルナッツの生地は甘さ控えめで、チョコレートの薄いチップが混じり、パリパリと食感が面白いし、酒に漬けられたさくらんぼとの相性もいい。

さくらんぼを食べた時の鼻に抜ける酒の香りがたまらん感じだ。

「高い酒使ってそうだな」

「うむ。よい匂いじゃ」

タインにとってはまだ甘いらしく、微妙な顔。菓子などにせず、酒のまま出せといいたそうじゃ。

「ケーンのラム酒でしょうか？」

マリウスが目を閉じて、酒の味を探っている。

「ぴゃー……」

弱々しく鳴くぴゃー。

「明日にせい」

この宿は料理人を別に雇っているらしく、食事も旨《うま》かった。旨かったゆえに、ぴゃーのやつが欲張って、茄子《なす》を超えて洋梨の体型、もう一口も入らない、というところで儂らがデザートを食べている現在。

満腹を通り越してはち切れそうになっておるというのに、まだ食いたがるというのがわからん。食い物を見て気分が悪くならんか？

諦めたのか、のそりと背中に向かうぴゃー。いや、お前、なんで顔を通って背中に回るのだ？　脇を通れ！　脇を！

幸い聖獣もどきなせいか、毛が抜けるということはないようだが、邪魔じゃ。

「同じ料理でも随分違いますね」

「味はこちらの方が……。でももう少し甘い方が嬉《うれ》しいです」

「私も」

言い合ってイオとアリナがくすくすと楽しそうに笑いあう。

儂とマリウスにはちょうどいい甘さだが、タインには甘すぎ、子供二人には甘さが足りんようだ。食い物というのはなかなか難しい。

「に、しても贅沢《ぜいたく》だな。こんな宿に泊まることになるとは思ってなかった、フォーク一つの扱いに気を遣う。どっかで正装を借りてくるべきだったかね？」

皿の上の菓子をフォークでつつきながらタインが言う。

「この町では三番目の宿ですよ」

「儲《もう》かっとる傭兵《ようへい》も使うから安心せい」

　この町一番の宿は王族も利用し、家格が高く信用がなければ泊まることができない。二番目の宿は、やはり身元がしっかりしており、代金は後日家に請求が来るか、家人が届ける形になる。

　アリナは王族、マリウスとイオは公爵家縁《ゆかり》、儂は辺境伯と余裕でクリアできる条件じゃが、どう考えても利用すれば居場所がバレる。

　三番目のこの宿は、金さえあれば平民でも泊まれる。まあ、普通程度の金持ちでは泊まることが難しい宿ではあるが。

　アリナとイオは文句も言わんが、ここ数日野宿と村の藁《わら》の寝床が続いた。体力の回復にも風呂《ふろ》と寝具のよい宿を選んだ。

「ここのいいところは、料理については二番目の宿に勝る上、一番目の宿では扱えないような旨いものも出すことじゃな」

　一番目の宿は、少しでも毒性のある食材は扱わない。

「食事に出た、花の揚げ物がほんのり甘くて美味《おい》しかったです」

　アリナが頬をおさえて、目をキラキラさせる。

「花の香りも素晴らしかったですわ」

うっとりとイオ。

「ニセアカアの花ですね。もう少しすれば、小さな白い花がすずなりに咲くのを見られますよ」

マリウスがにこりと笑う。

揚げ物は花が開く前の蕾《つぼみ》を利用する。咲いた花より虫が入る心配も少なく、揚げても香りが閉じ込められたままになる。花弁に腹を下すような軽い毒を持つのだが、火を通せば消えるものだ。

食事を終えて、部屋に戻る。部屋は最初に召使いか護衛が使う部屋があり、次に宿にしては広めの居間がある。そして居間から続く寝室四つと風呂だ。

アリナとイオは一緒に寝るというので、タインに部屋を使うよう勧めたのだが、最初の小部屋で寝ると、その部屋に荷物を放り込んだ。

「さて、これがこの町の地図です」

マリウスがテーブルに地図を広げ、みんなに見せる。

居間に集まって、明日からの予定を話し合う。――本の魔物のことがあるので、アリナやイオにも隠さずに相談する。

――この町に入ってから、魔物の臭《にお》いと気配が濃い。すれ違う住人から、おそらく魔物が活動した跡から、ふとした瞬間に臭う。

かなり強い魔物だろう。アリナやイオの手には余るだろうが、何事も経験じゃ。

「五十年前に巣食っていたのは領主の屋敷《やしき》の中じゃったが、今日歩いた感じでは違うようじゃの」

「ええ。使用人も暗くもなく、不自然に明るくもなく、魔物の気配の残滓《ざんし》もありませんでしたね」

儂に同意するマリウス。

「暗いならともかく、明るいこともあるのですか？」

「魔物が精神操作をしている場合があるんですよ。私たちのような付き合いのない者が判断するのは難しいのですが……。複雑な暗示は難しいですからね、普通に過ごせとか明るくふるまえという暗示が多いのでしょうね」

イオの質問にマリウスが柔らかく答えているが、五十年前の領主の居館で、同僚が何人か行方不明になっているのに残った使用人がはつらつと明るいというのは、不自然を通り越して少々怖かった。

「魔物の気配を感じたのは、すれ違った荷馬車からだろ？　そういう荷馬車が集まるような場所なんじゃないか？」

地図を一緒に覗《のぞ》き込むのを遠慮しているのか、身を乗り出すことなく腕組みしていたタインが言う。

「なるほど……。スイルーンと二人、過去にこだわってしまいましたか」

タインの話を聞いて、地図の上にそこそこの荷馬車――商人が集まるような場所を探す。

マリウスはこだわることが悪いようなことを言っているが、やはり過去の印象深かった場所に目がいってしまう。

「ここなんじゃないか？」

地図の一点を指す。

「逃げ出した魔物を倒した場所、ですか？」

マリウスが首を傾《かし》げる。

「今は商人が競《せ》りを行う広場になっとるらしい」

町の外、あの皿が落ちる門を通ることもなく、荷馬車が集まり、過去の因縁もある場所。

明日になったら、そこから捜索を始めることで話が決まった。

久しぶりに足を伸ばせる風呂に浸《つ》かり、疲れを癒《いや》す。

アリナとイオが眠りについた頃、部屋を抜け出し、少し高級な酒場に変わった食堂で酒を飲む。ここの酒は地元の酒だけではなく、北の寒い地域から運ばれた珍しいものもある。

じゃがいもの蒸留酒、アクアヴィット。葡萄《ぶどう》がとれないせいか、北の酒は珍しいものが多い。もっとも北から見たらこっちのワインが珍しいのじゃろう。――この酒は度数の低いビールと交互に飲むのが流行《はや》りだそうじゃ。

酒も旨いが目的は情報収集。とりあえず珍しい酒は、飲んでいる同士話題に上げやすく、聞きたい話を振る前の軽い雑談にちょうどいい。何人かの客に聞き、今は手すきだった宿の者を相手にしている。

昼間は魔物の居場所を探るため、昔にあったこと、あった場所を前提に話を振っていたのだが、今度は件《くだん》の広場周辺のことを。

「今月の競りはもう終わりましたよ、あるのは月初の三日間なんです」

それは知っておる。

町の簡単な地図に場所が載るくらいには、この町の競りはそこそこ有名で、それ目当ての商人以外の客も多い。

「その競りで変わったことはなかったかの？」

「今月の目玉は拳ほどもあるサファイアという触れ込みでしたが、大きいことは大きかったけれど、宝石とは言えないものだったらしく、騒ぎになってましたね」

……聞き方が悪かった。

「人がいなくなるとか、怪我《けが》をするとか、事件は？」

　さすがにいきなり人が死んだか？　とは聞けぬ。

　というか、昼間情報を集めた分には、この町でここ数年不審死はない。あっても、そこに至る経緯を承知していて犯人の見当がついているが、暗黙の了解で黙っているだけ――という雰囲気のものだった。

　被害者が弱き者を長年虐《しいた》げていたとか、人の女房《にょうぼう》を寝取ったとか、ごろつき同士の抗争があったとか。――ふらっと訪れた者が、首を突っ込むのはやめておいた方がよさそうな案件ばかりだった。

「最近は宿が取れないのか、節約なのか、荷馬車で寝泊まりして体調を崩す方が多いとは聞きますね。やはり宿は、お客様のようにキチンとしたところを取りませんとね」

　笑顔で告げる宿の者。

　はて？　何も出んの。いや、大勢から少しずつ生気を吸うタイプかの？　荷馬車が置けるとしたら、件の広場だろう。それに荷馬車ごと泊まれる宿は限られるだろうし、荷馬車での寝泊まりは最近始まった話とも思えない。

『……ぴゃー！』

　話は聞けたし、厄介なのが起きたので部屋に戻ることにする。ごそごそぴゃーぴゃーうるさいが、無視じゃ無視。

部屋に戻るとマリウスが一人、居間でワインを飲んでいる。通り過ぎた小部屋ではタインが起きている気配はしたが、それぞれ一人で過ごしているようだ。

「タインの酒量は貴方《あなた》ほどではないようです」

「儂《わし》らと比べるのはどうなんじゃ？」

儂が向かいの席に座ると、マリウスが新しいグラスに酒を注ぐ。

マリウスも儂も飲むそばから醒《さ》めてゆくらしく、かなり強い酒を鯨飲せねば酔わない。女神の加護のおかげで傷の治りも一般人より早いし、毒にも強く、代謝もいい。最初から酒に弱かったシャトはわりとすぐに酔っておったが。

マリウスは雰囲気で飲むタイプ、儂は雰囲気に酔うタイプで、特に体が酔わずとも問題なく酒は楽しめる。

儂がグラスに手を伸ばすと、その手をぴゃーが伝う。いつもの鈍臭さを感じさせず、素早くやってきてグラスに顔を突っ込む。

「……」

「……」

思わずマリウスと二人黙る。

「シンジュ様はお酒もお好きなようですね。——で、話は聞けましたか？」

「スルーするでない！　どう考えても聖獣の所業ではないじゃろが！　顔をワインに半分突っ込んで飲んどるぞ？　呼吸はどうなっとるんじゃ、コヤツ！」

「聖霊であらせられますので」

笑顔のマリウス。

「この所業を受け入れるなら、ぴゃーの本体ごと譲るからもっていけ！」

「シンジュ様はご自分でいどころを決めてらっしゃいますので。さ、グラスもワインもありますから」

そう言って新しいグラスを儂の前に置く。

「自分の分の酒を心配して怒っておるのではないわ！」

躾《しつけ》の問題じゃ！

しばらくしょうもない言い争いをし、本題に入る。

「サファイアが？」

酒場での話を軽く話すと、マリウスが妙なところで食いついてきた。

「なんじゃ？　陽《ひ》の光に透けんほど、宝石と呼ぶには透明度が低い石だったのではないか？」

同じ鉱石でも宝石質のものとそうでないものがある。

「詐欺に使うならばともかく、競りでですか？　見れば一目瞭然、流石《さすが》にそんな評判を下げるようなことはしないのではありませんか？　それにサファイアでしょう？　――濁ったのではないですかね？」

マリウスがワインを傾けながら言う。

「魔物が触れたか」

宝石の中には魔法や魔物に反応するものがある。

サファイアの中でもその名の語源通りに青いものは、哲学者、聖人の石と呼ばれる。神官たちがサファイアの指輪をして、その癒しの力を増幅することも多い。

「或《ある》いは魔物が何か力をふるい、その影響を受けたか」

「大人数が体調を崩すらしいからの、広範囲な吸生気でも使っとるのかの」

どちらにしても姿を隠し、こそこそとしていることは間違いなさそうである。

「ところで、これは寝とるのか？」

「寝てらっしゃるようですね」

儂の腕にしがみつき、グラスに顔を突っ込んだまま静かになっているぴゃー。

眠かったくせに食欲が勝って出てきた結果がこれじゃ。

「聖獣とは？」

「そこに在るだけで有難《ありがた》い存在ですよ」

絶対違う！

◇◆◇

朝食は分厚いベーコン、目玉焼き、サラダ、ジャムを入れたヨーグルト。トマトと玉ねぎのスープ。——を、儂だけ二人分。

流れるように「こちらはよく食べるので、二人分」と注文した男が涼しい顔をして隣にいる。マリウス《こいつ》が二人分頼んでもいいのではないか？　それによく食べそうというならば……

「旦那、聖獣は俺には理解できんので無理だぞ」

目を向けただけでタインに言われてしまう。

おのれ……、察しのいい男め。

「どれにいたしますか？」

パンは店員が数種類を盆に載せて席に回ってくる。

「その丸いのとトーストを」

儂はごく普通の手のひらサイズの丸いパンとごく普通のトーストを選ぶ。この宿のバターは旨《うま》いので、儂はそれを楽しみたい。

「私はこちら二つを」

マリウスはレーズン入りの四角いパンとクルミの練り込まれたパン。こいつはレーズンやナッツの入った柔らかいパンに、さらにバターをつける男だ。

「どれがお勧めでしょう？」

店員に向かい、アリナが首を傾げる。

「お嬢様方にはこちらの果物が載ったものはいかがでしょう？」

「ではそれでお願いします」

「私も」

店員が勧めたのは、スライスされた小さめのパンにクリームが塗られ、その上にヤマモモやベリーなどが載っている見た目が華やかなもの。

「俺はそのデカいのと、一番硬いパンを」

タインは食いでのあるものが好きなようだ。

「また回って……、お選びになりますか？」

笑顔で隣のテーブルに移ろうとして、止まる店員。

儂の皿からパンとついでに目玉焼きが消えている、犯人は一匹しかいない。ぴゃーのやつ、隠蔽の腕と素早さが上がっとらんか？　儂が気づかんかったぞ。

「すまん」

同じものをもう一度もらい、食事を始める。

儂に気配を感じさせず――これは聖獣のせいかもしれんが――さらに速い。止める止めんは別として、これはもしや修行の一環にできるのではないだろうか。

「では、普段は朝食をいただかないのですか？」

「食わねぇわけじゃねぇが、屋台で二、三本焼き串を腹に収めて終わることが多いな」

アリナは色々なことに興味を持ち、知識として取り入れ、良いと思ったことは自分でも実践する。今もタインに日常のことを楽しげに聞いている。うちの孫、可愛《かわい》いじゃろ？　じゃが鼻の下を伸ばすなよ？

昨夜得た手がかりらしきもののことは、部屋ですでに話している。ここは隣の客とテーブルの距離は十分にあるが、代わりに従業員が客の話を拾うために聞き耳を立てている。素早く客の望みを叶《かな》えるためか、情報を売るために集めているのか微妙なところ。

宿を出て件の場所に向かう。

競りが行われておらんため、近づくにつれ人通りはほぼなくなった。森と町の境から少し森に入った場所、木々も建物もなく、そこだけぽっかりと空間が空いている。

「柵があれば馬場のようですね」

イオの言うように、短く刈り込まれた草といい、その草が擦り切れ土が見えている場所といい、馬場のようだ。

「戦いの際に、木々も薙《な》ぎ倒しましたからねぇ。うまく利用しておられるようですね」

マリウスが感心している。

なるほど、町を出てすぐというわけでもなく、この微妙な位置に競《せ》りの会場があるのは、儂らのせいか。儂らと魔物が荒らした森の一部を、少し整えて使っているようだ。

町中での本格的な戦いを避けた結果、現在のここがある。住民はたくましいというか、ちゃっかりしておるというか。まあ、ちょうどよかったんじゃろな。

「さて、始めましょうか」

マリウスが小袋を取り出し、中身を摑《つか》む。

摑み出されたものは、砂粒よりは大きいかという水晶。それを半円を描くようにパラパラと落とす。

これは魔物を探すための術、普通はもっと透明度の高いデカい水晶を使うらしいのだが、マリウスは省エネというか、旅の財布を握っていたせいで公爵家出身にして神官長の位にいた割にはケ……庶民的だ。

「この小さな水晶に、しかも中の不純物やヒビを避けて術式を埋め込むなんて……」

イオが尊敬に畏れが混ざったような眼差《まなざ》しでマリウスを見ている。

この石を作っているのを見たことがあるが、最初こそ試行錯誤しておったようだが、すぐ慣れて四半刻《しはんとき》もかからず袋いっぱいに拵《こしら》えるようになったが……。

円ではなく半円なのは、町の方向を除いたため。これで何やらマリウスが唱えると、魔物の気配が強い方にある石が赤黒く染まる。隠れ潜むのが得意な魔物は、人の目に見えないこともあるので便利じゃ。

そして今も三粒、四粒ほどが黒く染まった。もう少しデカい石にしたほうがわかりやすいんじゃないのかこれ？

「エルダの町の神官が、半日をかけて占うのを見たことがあります。この黒く染まった石のある方角に魔物が潜んでいるのですね？」

アリナが正解かと問うようにマリウスを見上げる。

「凄《すげ》えことは頭でわかるんだが、あんまり簡単に見せられると混乱するな」

タインが頭を振っている。

「これをするより、スイルーンに紐《ひも》をつけてその辺りを歩かせた方が経済的なんですがね」

マリウスが肩をすくめる。

「旦那、そんなに魔物ホイホイなのか……？」

「おじい様……」

「やめよ」

その辺は察しなくていい。

鵜飼《うかい》の鵜か、儂《わし》は！

◇◆◇

水晶が黒く染まった方角、森に足を踏み入れる。

競りが行われる場所は、競りに便乗して市が立つ。テントも立てば人も歩くので草もまばらだが、森の中はそれなりだ。

商人や村や町から買い付けにきた者たちが、森の中に馬をつなぎ馬車を止める。家畜を売りに来た者たちは、山羊《やぎ》や羊を放す。枝が払われて、草は踏まれ食《は》まれているため、普通の森よりは歩きやすい。

「さて、あの木が混んでいる先ですかね？」

「じゃろうな」

マリウスに同意して足を進める。

見えているのは立ち並ぶ木同士が近く、枝同士が絡《から》む通るのが面倒そうな場所。近くには木々が重ならぬ見通しのいい場所がある。探し物をしているのならともかく、当然じゃが人は歩きやすい場所を歩く。簡単な誘導じゃの。

「おじい様、何か落ち着きません」

「こちらの方向は、なんというか——気分が沈みますわ」

「確かにあんま行きたくねぇな」

アリナたちが言う。

「人を寄せないためでしょう、弱いですが術がかかっています」

マリウスが言う。

……かかっとったのか。

「ぬかるみや雨垂れを見た時、苦手な匂いを嗅いだ時、その程度の嫌悪《けんお》感ですが、その程度だからこそ術の存在を感じずにかかってしまうことが多い。——まあ、本当に気にしない人もいますが」

複数の視線が集まるのを背中に感じる。

ぴゃーがもぞもぞ動くが儂のせいではない。無言で絡み付いているツタを払うと、少し開けた場所に出た。

「ここ、じゃな」

「ええ。ですが気配が混じる……魔物と、もう一つは神殿の」

最近にしては珍しく、眉をよせ眉間に皺《しわ》をつくるマリウス。

「ここまで濃ければ未熟な私にも気配がわかります。ですが、なぜ相反する気配があるのでしょうか？」

アリナが首を傾《かし》げて儂を見上げてくる。

「予想はつくが、見てみねば答えは定《さだ》かではない。アリナは何が原因だと思う？」

アリナに問い返すが、これは少々ずるい。儂は過去ここで何があったか知っており、判断する材料を多く持っておる。

アリナは答えに辿《たど》り着けないかもしれないが、考えるために色々な情報を拾おうとするはず。

まあ、儂の予想が外れている可能性もなきにしもあらず。

「打ち消しあっているのですね、気配は濃いのに広がらず留まっている……」

答え合わせの回答を期待してか、イオがマリウスを見る。

「気配はすれども、だな」

タインが剣に手をかけて周囲を見回す。

明るいような暗いような妙な印象を受けるそこには何もない。だが、気配が濃いのは確かにそこの空間。

「少なくとも近くには、特に術を施した痕跡もみとめられませんね」

目を閉じ、耳を澄ませていたマリウスが口を開く。

本人いわく、術の痕跡を音で聞く、らしい。袖の中で音の鳴らない鈴を鳴らしているはずだ。反射音がどうたらかーたら言っておった気がするが、そもそもマリウス以外に鈴の音が聞こえない。

イオの問いをスルーしておるのは、儂と同じく二人に考えさせようとしている気配じゃ。この男のことじゃ、気づいていないということはあるまい。

「さて、魔物が自然発生させた空間ならば、入れるはずなのですが……」

頭を傾げて考えるそぶりを見せるマリウス。

「入れるのですか？」

「うむ。女神は秩序でもって分け、逆に魔王は曖昧に混ぜる存在じゃからの」

アリナの問いに、今度は答える。

「魔の眷属《けんぞく》は、人の世とは違う空間を作っていても、迷いこませるのは得意なんですよね」

「夜しか入れねぇとかか?」

マリウスに聞くタイン。

「確かに自分に有利な時間を選ぶ魔物もおります。ですが、そもそもここは気配が違う」

マリウスが少し困ったように言う。

「魔物が作ったものではない、入れない場所か。どうするんだ?」

「面倒じゃが、魔物が出てくるのを待つしかないかの」

タインに肩をすくめてみせる。弁当でも持ってくればよかった。

「ぴゃー」

ぴゃーの一声。

決して大きな声ではないのに、空気を揺らす。広がった波紋は、空間と隠された空間の間に染《し》み込み、震わせ、引き剝がす。

そして目の前になかったものが現れる。

「シンジュ様……。なるほど、女神のお作りになった空間でしたのね」

「シンジュ様、すごい」

まさかのぴゃーがイオとアリナの賞賛の声を浴びている！

気になるが、視線は正面の魔物に。

先ほどまで何もなかった視線の先に、透明な水晶が浮き、それを魔物が抱いている。割れて砕けた魔物のコア、黒かったそれが透明に変わり、割れたものが戻りつつある。本来ならば両錘《りょうすい》であるはずが、下の方はまだ砕けたまくっついていない。

女神の作った空間。正しくは、黒い水晶を浄化するための女神の力の中だ。コアは魔王の力が強すぎて、砕いた欠片《かけら》だけでも強力。欠片の周囲に黒い靄《もや》を漂わせ、魔王が魔物を強化するのと同じ効果を発揮する。

黒い水晶が浄化され完全に透明になった時、魔王の力は神聖な力へと変わり水晶に宿るが、それまでは水晶の周囲に揺蕩《たゆた》っている。それゆえの女神の結界じゃ。

水晶を抱いたまま、ニタリと笑う魔物。

「欠片が不足しておりますね」

「あの魔物の中であろうよ」

透明な水晶を抱くカエルのような指先の丸い手、コウモリの翼を持つ人の顔をした青黒い魔物。卵が割れたようなものが胸のあたりまで覆っている。卵を破って中から出て来たかのような形状。いや、大きさからして下半身は未分化で、卵と一体だろう。

──卵というにはざらついて、石のように硬そうだが。

「……なんとも気味が悪い。人のツラした魔物には初めて遭った」

「人間は女神の姿に近づいたといいます。そして同じように魔物も魔王の姿に近づくと。実際、人型や翼を持つ魔物は強いですよ」

マリウスがタインの呟《つぶや》きを拾い、いつものうさんくさい笑顔で言う。

人間は女神のように翼を持たないが、魔物は完全な人型でないかわり魔王のように角や翼を持つものも多い。

魔王が与えたコア持ちは、魔王の力でどんな姿でも強かったが、その中でも人型・角・翼持ちは段違いだった。

「ゲゲゲ……」

魔物が喉に何か詰まったような声を上げ、魔法を使ってくる。

こちらを馬鹿にしているのか、威嚇なのか、僕らの足元の手前の地面が一直線に抉《えぐ》れた。

「魔女が弟子イオ、参りますわ」

イオが一番手。

杖《つえ》を体の前に真《ま》っ直《す》ぐに立て、呪文を唱える。杖に集められた魔力が膨れ上がり、雷のようなものが魔物に向かって走るが、そのまま水晶に吸い込まれてしまう。

そして反射。

「お姉様！」

「アリナ！」

アリナがイオの前に割って入り、剣で魔法を受けようとする寸前、イオが防御を張り、反射された魔法を地面に逃す。

「何故《なぜ》、あの水晶が魔物を守るのですか？」

イオの声に動揺が見える。

「魔法を使うには、抱いている水晶が厄介そうですね」

マリウスが平常通りの声で言う。

透明な水晶は魔物の一部《ちから》ではないが、それゆえに厄介。アリナもイオも無事でよかった。

「イオが放った魔法は様子見ですよ」

こちらを向いて笑みを深めてマリウス。

「わかっとるわい！」

アリナでも弾《はじ》ける程度、それでも思わず声を上げた。心配なもんはしょうがないじゃろうが！

「子供には男女の区別なく、スパルタでしたのに」

「孫は別格じゃ！　厳しいのは親、祖父母は甘やかすと相場が決まっておるわ！」

強くなるよう助力は惜しまんつもりじゃが、心配もさせろ！

「あんたら……」

やりとりを見て呆《あき》れたらしいタイン。

「まあ、肩の力は抜けたがよ」

剣を構え直し、先ほどまで目を合わせることを避けていた魔物を見据える。いいことじゃ。

「アリナも行きます！」

タインと同時、踏み込むアリナ。

弾かれ跳ね上がるふた振りの剣、石の卵の一部が散らばりかかり、逆回しのように元に戻る。石の卵の中はどうやら小さな石が詰まっているらしい。

「ゲゲゲ」

おそらく笑っているのであろう、馬鹿にしたように楽しげな魔物。

喉がぼこりと膨れる。

「避けよ」

儂《わし》の言葉と同時、黒い火球のようなものが数個、魔物の口から飛び出す。

アリナ、タイン、イオの三人は攻撃を受けず、素直に避けてくれた。

「コア持ちの魔物は、侵食してくるタイプの攻撃を使うんですよ。武器や盾で受けると、それも侵食され魔王の気に蝕《むしば》まれます。それでも手放さずにいると、持っている者まで侵食されますよ」

「せめて聖霊の祝福を得たものであればな。――それにしても魔物が女神の水晶を抱き、利用するとは。いやその身のうちにある浄化されぬ黒い水晶の力か？　一つだったものだ、繋《つな》がりがあるか」

魔法を弾いたのは、浄化を終えた女神の水晶と言うべき透明な水晶。魔物が女神に属する物を壊す話は聞くが、利用する話は聞かない。それゆえのイオの動揺。

だがこの水晶は元々は魔王の力を宿した物。おそらくこの魔物の体内にある黒い欠片と繋がりがある。欠片を通して、利用したのだろう。

そして、抱いている理由はサファイアと同じく、再び黒く濁らせるため。

人の生気を集め、強くなり、その力を注ぐ。黒く戻った水晶は、この魔物に注いだ分の何倍もの力を与えるはずだ。

魔物が透明な水晶を使ったことに、マリウスがさして驚いていないのは魔法が弾かれたその時に、すでにそう結論付けたに違いない。

アリナたちは様子を見るため、さらに下がり魔物と距離をあけ、儂とマリウスの前に。

タインはいざという時は下がれる構え、アリナとイオは儂とマリウスを守ろうとする構え。

幼《おさ》な子《ご》二人の心掛けは嬉《うれ》しいが、この場合タインが正しい。自分が攻撃を避けるためというより、儂が前に出る邪魔にならんようにするための構えだ。

「ゲゲゲ」

魔物が歪《いびつ》に嗤《わら》い、再び喉を膨らませる。

勢いよく吐き出してきた最初と違い、魔物の口からごぼごぼと黒い火球がこぼれ落ち、魔物を囲む。

「おい、やばくないか？」

タインがジリジリと下がりながら言う。

「触れてはいけないのですよね？」

アリナが剣を構え、どうしようかと逡巡《しゅんじゅん》している。

「ええ。ですが、淑女として逃げられませんわ」

イオが杖を構え、防御の膜を作り出す。

「ゲゲゲ」

鳴き声と共に最後の火球が吐き出され、全ての黒い火球が飛んでくる。

イオの張った防御の魔法はあっさりと破られ、火球はスピードを落とさない。

「きゃっ！」

アリナがよろめいたイオを庇《かば》うように前に立つ。

「おい、嬢ちゃん！」

タインが手を伸ばす。それらは短い寸の間。

アリナに火球もタインの手も届かなかった。

黒い火球はアリナの前で、あるものはバチバチと弾け、あるものは何かの表面を滑るかのように左右に逸《そ》れてゆく。

その光景にアリナが目を見開き、あっけに取られたタインの手が、所在なげに彷徨《さまよ》う。

「イオ、少々頼りないですね」

涼しい顔のマリウス。

「この結界はおじ様の……？　いつ？」

イオが理解不能といった面持ち。

「マリウス＝クラブ＝テルバン。クラブの名はおぬしのものじゃ、比べるのは酷だ」

「オゥルに名を変えたとはいえ、イオが生まれた時はクラブだったのですがね」

やれやれという顔をして、肩をすくめるマリウス。この男を超える結界の使い手も、癒《いや》しの力も知らない。

そしてソードの名を持つのは俺。

「三人とも、そこより前に出るな」

マリウスの結界の中にいるよう声をかけ、自分自身は前に出る。

「ゲゲゲ」

「──水焔《すいえん》」

ニンマリと嫌な笑いを浮かべる魔物に向かって歩きながら、俺の剣を呼び出す。

手に馴染《なじ》む水焔を握ると、一気に駆ける。

「ゲ……？」

俺の姿を見失ったのか、キョトンとした顔をする魔物。

「勇者の剣、スイルーン＝ソード＝アスター。参る！」

体と石の卵の境を横に薙《な》ぎ、返す剣で石の卵を斜めに斬る。キョトンとした顔のままの魔物、砕ける卵。

卵から散らばる石は、近くで見れば灰色の水晶のようだ。両錘形《りょうすいけい》の水晶同士が不規則にくっついて、歪なダマになっている。

「ゲゲゲ……っ！」

魔物が火球を吐き出そうと慌てて喉を膨らませるが、遅い。

喉を斬る。

火球は喉で爆発し、魔物の顔と胸を焼く。

卵が内包する灰色の両錘形の水晶を斬る。

両錘形の水晶は、それぞれが飛び散り、一定以上離れた後、再びくっつこうと戻ってくる。それが戻る前にさらに細かく斬り崩す。バラバラと散らばり、また戻ろうとする灰色、さらに細かく。

一面に浮く灰色の水晶の中、舞うように体を動かす。

たくさんの欠片が集まろうと、元々卵があった場所にいる俺を目掛けて飛んでくる。その全てを打ち返し、細かく。

「ああ、見つけた」

灰色に混ざる黒、小さな両錘水晶。

それに水焔を振り下ろせば、砕けて黒い色が抜け、透明な水晶の欠片が宙に漂う。

灰色の欠片が消滅し、魔物の体が崩れる。

「コア持ちは、体を残さないんですよね。労力の割に素材《かね》にならない」

マリウスがため息混じりに言う。

「別にもう金の心配はいらんだろうが」

水焔を左手、体内に戻しながらマリウスに返す。

コア持ちはともかく、普通の魔物の高く売れる部位を細切れにして、昔はよく叱られた。

「すげぇ……」

「おじい様……」

タインとアリナがこちらを見ている。少しはいいところを見せられたかの?

「ああ、水晶が元に戻ります」

イオが儂の隣を見つめて声を上げる。

漂っていた細かな水晶が、魔物が抱えていた浄化された水晶を取り巻き、かしかしとくっついていく。

「綺麗《きれい》なもんだな」

みほれたタインが言葉を漏らす。

「ぴゃー」

そういえばコイツ、背中におったの。

水晶の欠けていた部分が収まり、つなぎ目のヒビのようなものも消え、透明な両錘《りょうすい》ができあがる。と、同時にアリナたちの姿が消える。

――追い出されたようじゃの。

女神はどうやら、儂以外を結界の外に出したようだ。

「ぴゃー？」

コイツもおったか。

「後でゆで卵をくれてやるから大人しくしておれ」

女神の力の欠片、女神を表す透明な水晶の前に立つ。眺めていたのは寸の間、もう一度水焔を抜いて真っ二つに斬る。

二つに斬り割られた水晶は、自《おの》ずと砕け、細かな光となって水焔を包む。『水焔』はその名の通り水のように透明で、その透明な刃《は》に薄青い焔が立つように見える剣。

女神の力を取り込んでも、シャトの持つ勇者の剣のように目立ちはせぬ。

俺が女神に望んだのはシャトの救出。約束の時、女神は俺にだけ聞こえる声で待つように言った。

『希望を叶《かな》えるのは魔王の気配が世界から薄れ、女神の力が満ちる時に』と。

『そなたの髪が真白《ましろ》に染まる時を、その時としよう』と。

『勇者がいるのは魔王の地、直接望みは叶えられないが、もう一度その地に至る力を与えよう』と。

　だからこうして魔王討伐の旅をなぞる。女神の遺《のこ》した力を集め、魔王の地へと至るために。勇者の剣と同じ力を得て、あの水晶の階段を登れるように。

　まあ、ついでのように女神から面倒な頼み事もされたが。

「おっと、ぐずぐずしておるとマリウスになんぞ言われるな」

「ぴゃー」

　水晶がなくなったここは、周囲の場所となじみやがて消えるじゃろう。変に力の偏りがあるより、その方が平和でいい。

　水焔を体に納め、外に出る。

「無事か」

　儂の姿を見て、ほっとしたようにタインが言う。

「おぬしら、弾《はじ》き出されたか」

「水晶が戻ったと思った時には、こちらにおりました」

アリナが少し不思議そうな顔で儂《わし》を見てくる。

なんでおじい様だけ？　と顔に描いてある。疑問には、儂だけ取り残されたことへの少しの心配も含んでいるようじゃ。素直に表情に出る孫の可愛《かわい》さよ。

「儂は特に弾かれなんだが。背にぴゃーがおるせいかの？」

アリナに笑って首を傾《かし》げてみせる。

「さすがシンジュ様です」

ぴゃーを持ち上げるマリウス。

屈託なく笑うアリナを片手で抱き上げる儂。

「ぴゃー」

ぴゃーが居心地悪げにもぞもぞしだす。

「ぴゃーには夕食にゆで卵を奢《おご》ろう」

途端に動きを止めるぴゃー。安い口止め料じゃの。

「聖獣は本当に女神に近い存在ですのね……」

イオ。

イオ、もしかしなくともぴゃーのことを愉快な白ナスくらいに思っておった上、ぴゃーと聖獣をひとくくりにしていたじゃろ。普通の聖獣はもっと神々《こうごう》しいから安心せい。

初めて聖獣と言われて見たのがぴゃーでは誤解も生む。

「ええ。敬うべき存在なのですよ」

マリウスが微笑《ほほえ》みを浮かべて頷《うなず》く。

聖獣はな？

「それにしても、浄化途中のコアに魔物が憑《つ》くとは。これは、他の地も確認する方が良いのでしょうね」

面倒くさそうにマリウスが言う。

「国に情報を流すのはやめろ。これから旅の先々で鉢合わせしそうな上、結局こっちに振ってきそうじゃ」

「鬱陶しいことこの上ないですね。それならばいっそ、旅のついでに倒してしまった方がいいでしょう」

顔を顰《しか》めて言えば、マリウスも同意する。

「おい、マジかよ」

タインが驚いた顔で声を漏らす。

「魔王がいた場所に近づくほど強いコアが残っておるが、一度倒したもんじゃしのう」

「コア持ちではなく、コアの残滓《ざんし》にまとわりついているだけのモノですからねえ」

マリウスと二人、言い合う。

「マジかよ……」

もう一度同じ言葉を繰り返すタイン。

「あの魔物が特別強かったことは、対峙《たいじ》してよくわかりましたけれど、アスターのおじ様があれほど強いことは、わかりませんでしたわ。もちろん目で見て結果を見て、抜きん出て強いのは分かりましたけれど……」

イオが口籠る。

イオは魔法使いじゃし、剣士の儂を測れなくてもいいのではないか？　もちろん把握できるに越したことはないが。

「離れていても目で追えないほどでした。でも、おじい様の気配はいつもと変わりませんでしたもの！」

誇らしげにアリナ。

◇◆◇

町へ戻り、あちこち見て回る。

今度は魔物の気配を探る目的もなく、純粋に楽しむためにじゃ。

「ここのお土産はお皿ですのね？」

イオが店頭に並べられた皿を覗《のぞ》き込んで言う。

「門の皿が名物じゃからな」

どう考えても使うためでない装飾と彩色がされた皿が、台に並べられ、壁にかけられている。

「一番人気は門の皿のレプリカだそうだ。年代ごとでデザインが違って、集めてるやつもいるらしい」

世馴《よな》れた傭兵《ようへい》は、町の案内にも向いている。

一通り観光をし、宿に戻って夕食。魔物を倒した祝いというほどでもないが、大人には酒、子供にはグラスの縁に果実を飾ったジュース。ぴゃーには約束通りゆで卵。

サラダ、スープ、パンが人数分テーブルに並べられたところで、ワゴンに載った大皿が運ばれてくる。

皿の上にはこの辺りで釣れるいかつい顔をした鱒《ます》の仲間が載せられ、川海老《えび》の焼いたものや、野菜の焼いたものがその周りを囲っている。

宿の者が大きなスプーンとフォークを使って、その大皿から器用に取り分けてくれる。

こんがり焼けた皮が割られ、白い柔らかそうな魚の身がほかほかと湯気を上げる。

海老と野菜も塩梅《あんばい》よく盛り付けられ、目の前に並べられる。口に運べば見た目通りふんわりと柔らかな身が塩気の中、ほんのり甘く口を喜ばせる。

「魚料理もなかなかですね」

嫌味なく微笑んでいるマリウス。

「載っている香草のせいでしょうか、臭くなくてむしろ香ばしい。載っているだけですのに不思議ですわ」

「とてもおいしいです」

イオとアリナ。イオは料理も分析しがちのようだ。

「そのまんま齧《かじ》りてぇ……」

「うむ。ガブリといきたいとこじゃ」

タインに同意、旨《うま》いが儂には上品すぎて食べた気がせん。

まあ、さっさとゆで卵を食べ終えたぴゃーに食われとるので、実際足らんのじゃが。

今日はぴゃーに女神の結界内に残れた理由を押し付けたので、好きに食わせようと思ったんじゃが、食い過ぎじゃ！　ナスを通りこして丸ズッキーニみたいになっとるじゃろが！

外伝　鹿肉のステーキ

「スイ、そっちに行ったよ！」

「おう！」

シャトが追い立てた鹿が、予測通りの窪地《くぼち》を逃げる。

「何故、鹿を脅《おど》かすんですか！」

待ち受けた俺が、一閃《いっせん》して仕留めたのだが、マリウスから苦情が上がる。

「なんだ？　鹿が可哀《かわい》そうとでも言うつもりか？」

そういう主義なら食わんでいいぞ。

「違います。鹿は脅かすと肉が硬くなるのですよ？　『鹿は気づかれずに仕留めろ』と言うではありませんか。不味《まず》くしてどうするのです」

ぷりぷりと怒っているマリウス。

「そうなの？　ごめん」

素直に謝るシャト。

「大した違いはあるまい」

「味音痴ですか、貴方《あなた》は」

「お前が細かすぎるんじゃ！」

言い合いながら、仕留めた鹿の処理をする。血抜きは早い方がいい。

「洗ってしまうわよ？」

鹿の周りで言い争っていると、イレーヌが一言。

慌てて血抜き中の鹿から距離を取ると、鹿に——というか俺たちがいた場所に——どばっと水が襲う。イレーヌの魔法は細かい作業に向いていない、初めての時は獲物ともども全員水を被《かぶ》った。

「もう少し繊細さが欲しいですね」

「あら、やろうと思えば繊細に操れるわよ？　ただ結果は同じ」

そう言いながら、流れた水をどこかに消すイレーヌ。

「私たちが濡《ぬ》れないという途中経過があるでしょう？」

イレーヌとマリウスの言い合いを聞きながら、解体を進める。心のうちではマリウスのほうに全くだと相槌《あいづち》を打っているのだが、会話に参加するといつの間にか責められるのが俺に変わっていることがあるので、踏み入らない。

泥や汚れを落としてもらった後は、内臓を抜き、またイレーヌがざぶんと洗い流す。

「少し魔物混じりみたいだね」

シャトが覗《のぞ》き込む。

シャトは見ているだけだが、この男にやらせると肉がひどい有様《ありさま》になるのでしょうがない。

「この辺りで普通の動物を見つけることの方が難しいだろ。ああ、核があった」

小さく、たいして硬くもない核なので、指で潰して済ます。

「血が消えてくれたら処理が楽だったんだがな」

ほとんど消えた部分がないのはありがたいのか、そうでないのか。

イレーヌに水のように血は消せんのかと聞いたことがあるが、流れた後の血ならば、という返事だった。体内にあるモノを動かすのは大変らしい。

「解体の手並みはすばらしいですね」

微妙に「は」に力を込めて言ってくるマリウス。

「肉は寝かせた方が旨くなるだろ。仕留め方に文句を言う前に、そっちをどうにかしたらどうだ？　得意の魔法で」

魔法は魔女であるイレーヌの分野だが、マリウスも小器用に使う。俺はからっきしだが。

今は魔王を倒すための旅の途次、肉の熟成のために悠長に数日待つなどはできない。さっさと解体して食うか、簡単に塩をすり込んで一晩で燻製《くんせい》にするくらいだ。生肉を持ち歩くのは嵩張《かさば》るし、重い。

「……」

珍しくマリウスが言い返してこない。

さてはコイツ、試してみたことがあるな？　そして失敗した、と。

シャトは王家の出だが、食事にあまり文句は言わない。このマリウスは公爵家の出で、文句が多い。やれ肉が硬い、色が悪い、塩が多い、獣くさいと言いたい放題だ。

が、自分で肉を旨くすることには失敗していた、と。

「自分の理想の肉を食いたいなら、自分でなんとかするんだな。手持ちの調味料でどうこうできる範囲じゃない」

料理は俺の担当、やんごとない出の二人は料理などしたことがなかったし、イレーヌは料理の腕は壊滅的だ。いや、二人も騎士団と一緒の訓練に参加したとか言っていたので、野営の経験はあるはずなのだが。

「……やりましょう」

ずいっと前に出てくるマリウス。

やるとは、肉をどうにかするのか？　どうにかとは？

「あらあら」

イレーヌが、からかいと呆《あき》れ半々の声を漏らす。

「やるの？　無理はしないほうが……」

シャトが焦《あせ》って止める。

「いいえ、やります。肉の状態が良ければ、さぞかし美味《おい》しい料理にしてくださるのでしょうし」

にっこり笑うマリウス。

結果、よい具合の熟成肉が登場、じっくり焼く、煮込むなどもお手の物。どうやら時間の経過と水分量の調整らしい――魔法はよくわからんが。

負けず嫌いのこの男のおかげで、旅の食事の質が上がった。そして大手を振って文句を言い始めたので、俺も対抗。

「この旅で、こんな料理が食べられるとは思わなかったわ」

料理のできに半分呆れているイレーヌ。

「食器はどうしようもないですが、料理は申し分ないことを認めましょう」

どうしても嫌味が入るマリウス。

「美味しいね！」

素直に称賛してくれるシャト。

「最近、剣の腕より料理の腕が上がっている気がする……」

思わず反省する自分。

「……私も魔法の細かい調整が上手《うま》くなりました」

視線をそらすマリウス。

「どうしようもない負けず嫌いね」

「いいじゃないか。美味しいものを食べられるし、僕は嬉《うれ》しいよ」

屈託なく笑うシャト。

道中ぶつかることもあるが、いい仲間だ。

この旅を終えたら、旨い物を食べながらゆっくり飲み明かしたい。

もちろん、壁のある室内で。

あとがき

初めましての方も、webからの方もこんにちは。じゃがバターです。

表紙が格好いいぞ！ toi8様、ありがとうございます。きっと表紙につられてご購入いただいた方も多いに違いない。

私にしては珍しく、拠点というか家を作り始めない話です。いや、その前に日本人視点のない話が初めてだな？

相変わらず食事は出てきます。スイルーンの旅は、魔物を倒してゆく旅でもありますが、各地の名物を食べ歩く旅でもあります。ファンタジー世界の食べ物、一体どんなものがあるかな？

植生はそう変わらないので、知った料理も出てくると思いますが、現実にはない料理も出していこうかと思っております。

この世界をスイルーンと一緒に楽しんでいただけたら嬉《うれ》しいです。

スイ：食いしん坊がおるからのぅ
マリウス：どなたのことでしょう？　ご自身のことですかね？
アリナ：おじい様は、気持ちよく召し上がりますもの
イオ：魔法より剣を振るう方が体力を使いますものね
マリウス：ゆで卵の丸呑《まるの》みはいかがかと思いますが
スイ：⁉（ぴゃーの食べた分が、まだ儂《わし》に換算されておるじゃと⁉）
シンジュ：ぴゃー
マリウス：シンジュ様は見えませんからねぇ
スイ：マリウス、貴様分かってて……っ

２０２４年弥生吉日　じゃがバター

お便りはこちらまで

〒一〇二‐八一七七
ファンタジア文庫編集部気付
じゃがバター（様）宛
toi8（様）宛

富士見ファンタジア文庫

魔王討伐《まおうとうばつ》から半世紀《はんせいき》、
今度《こんど》は名《な》もなき旅《たび》をします。

令和６年５月20日　初版発行

著者――じゃがバター

発行者――山下直久
発　行――株式会社KADOKAWA
〒102-8177
東京都千代田区富士見2-13-3
0570-002-301（ナビダイヤル）
印刷所――株式会社暁印刷
製本所――本間製本株式会社

ISBN978-4-04-075451-2 C0193 ◇◇◇

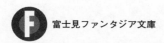

切り拓け！キミだけの王道

ファンタジア大賞

原稿募集中！

賞金

《大賞》**300**万円

《金賞》**50**万円　《銀賞》**30**万円

選考委員

細音啓　「キミと僕の最後の戦場、あるいは世界が始まる聖戦」

橘公司　「デート・ア・ライブ」

羊太郎　「ロクでなし魔術講師と禁忌教典（アカシックレコード）」

ファンタジア文庫編集長

前期締切　8月末日

後期締切　2月末日

公式サイトはこちら！ https://www.fantasiataisho.com/　イラスト／つなこ、猫鍋蒼、三弥カズトモ